Lady
Susan

苏珊夫人

Minor
Works
of
Jane
Austen

简·奥斯汀
短篇作品集

［英］简·奥斯汀◎著

汪　燕◎译

华东师范大学出版社
·上海·

图书在版编目（CIP）数据

苏珊夫人：简·奥斯汀短篇作品集/（英）简·
奥斯汀著；汪燕译.—上海：华东师范大学出版社，2024
（简·奥斯汀全集）
ISBN 978 - 7 - 5760 - 4823 - 0

Ⅰ.①苏… Ⅱ.①简…②汪… Ⅲ.①短篇小说−
小说集−英国−近代 Ⅳ.①I561.44

中国国家版本馆 CIP 数据核字（2024）第 062203 号

苏珊夫人：简·奥斯汀短篇作品集

著　　者　［英］简·奥斯汀
译　　者　汪　燕
策划编辑　彭　伦
责任编辑　陈　斌　许　静
审读编辑　刘效礼
责任校对　田全金　时东明
装帧设计　卢晓红

出版发行　华东师范大学出版社
社　　址　上海市中山北路 3663 号　邮编 200062
网　　址　www.ecnupress.com.cn
电　　话　021 - 60821666　行政传真 021 - 62572105
客服电话　021 - 62865537　门市（邮购）电话 021 - 62869887
地　　址　上海市中山北路 3663 号华东师范大学校内先锋路口
网　　店　http://hdsdcbs.tmall.com

印 刷 者　上海颛辉印刷厂有限公司
开　　本　889 毫米×1194 毫米　1/32
印　　张　7.75
字　　数　170 千字
版　　次　2024 年 6 月第一版
印　　次　2024 年 6 月第一次
书　　号　ISBN 978 - 7 - 5760 - 4823 - 0
定　　价　78.00 元

出 版 人　王　焰

（如发现本版图书有印订质量问题，请寄回本社客服中心调换或电话 021 - 62865537 联系）

© Luke Shears

简·奥斯汀的书桌

简·奥斯汀的针线包

目　录

译者序

《简·奥斯汀短篇作品集》包括三部作品：《苏珊夫人》《沃森一家》和《桑迪顿》。这三部小作品 1871 年首次出现于詹姆斯·爱德华·奥斯汀·利（1798—1874）撰写的《简·奥斯汀回忆录》第二版中，距离简·奥斯汀逝世已经过了半个多世纪。

詹姆斯·爱德华·奥斯汀·利是简·奥斯汀的侄子，即她的长兄詹姆斯和第二任妻子玛丽·劳埃德之子，也是奥斯汀众多侄子侄女中唯一参加了她葬礼的人。古稀之年的他决定为亲爱的简姑妈撰写回忆录，满足想更多了解这位女作家的无数读者的心愿，并引用以下这段话表达了自己的意愿和决心：

> 除了自己他不知道谁想做这份工作。这绝非罕见的动机。某人看到需要做的事，除了自己找不到想去做的人，于是只得承担这份事业。
>
> 《哥伦布生平录》（第一章），亚瑟·海尔普斯爵士

然而在他看来，简姑妈的生活平平淡淡，没什么值得一提的大事情；她在世时和当时文学圈中的作家没有交集，甚至可以说在去世后才逐渐声名日盛。与此同时，家中的亲人为避免泄露隐私销毁了许多资料，让他几乎无法借助任何材料细致描述姑妈的

生活，只能依靠对姑妈相貌性格的清晰回忆，以及尚在人世的几位同辈，尤其是长姐本·勒弗罗伊太太（即安娜）的帮助，于1869年11月17日完成了《简·奥斯汀回忆录》。这本书分为十二章，1870年由剑桥大学出版社出版。

这本回忆录得到的关注远远超出了詹姆斯·爱德华·奥斯汀·利的预料，促使他第二年就推出了更加详实的第二版。新版本不仅补充了叙述，增加了几封书信，更增添了《劝导》最初的结局，也让简·奥斯汀的三部短篇作品首次问世。他在书中表示《劝导》删除部分的出版符合作者公开或私下的意愿；但若不是因为读者的呼声，他也许会对贸然让三部小作品出现于公众视野心存顾虑。

詹姆斯·爱德华·奥斯汀·利将唯一的完整作品《苏珊夫人》视为主要的增添，把它称作简姑妈"孩子气的故事"。《沃森一家》和《桑迪顿》均为未完成的小说。《沃森一家》写于1803或1804年，那时简·奥斯汀和父母、姐姐住在巴斯。《桑迪顿》是她的最后一部作品，写于1817年1月27日至3月17日。四个多月后，简·奥斯汀因病与世长辞。

《苏珊夫人》写于1794年，当时简·奥斯汀只有十九岁。她在1805年重新誊写了小说，后来送给了她特别喜爱的侄女范尼，即她的三哥爱德华的长女。詹姆斯·爱德华·奥斯汀·利在纳奇布尔夫人（即范尼）的许可下，让这部早于所有小说的短作品得以问世。

苏珊夫人三十五岁，容貌年轻美丽，谈吐优雅怡人，却自私自利、心肠狠毒、阴险狡诈。她使自己的丈夫失去财产并早早去世；对女儿毫无感情，一心想把她推入痛苦的婚姻让自己获利；在刚刚守寡的几个月里将众多男人玩弄于股掌之间，包括德·库西家族年轻英俊、寄托全家人希望的长子，并让二十三岁的雷金纳德违背家人意愿，私自和她订下婚约。然而她最终聪明反被聪明误，只能独自品尝酿下的苦酒。

《苏珊夫人》是一部书信体小说，包含 41 封不同成员之间的往来信件和第三人称书写的结局，以这位"全英格兰最会卖弄风情的女人"被挫败的阴谋和终将带来痛苦的选择作为结局。这部小作品的风格热烈大胆、幽默风趣，常以出乎意料的情节安排和转折让人忍俊不禁，比如雷金纳德在终于得知苏珊夫人的真实面目，和她解除婚约后的命运：

> 弗雷德里卡因此在她的叔叔婶婶家安顿下来，直到时机成熟，能对雷金纳德·德·库西说话、奉承并巧妙地诱使他爱上她——这一点，考虑到他需要时间克服对她母亲的爱恋，曾经发誓未来不再爱上女人并讨厌她们，也许能合理期待一年的时间可以做到。通常来说三个月就够了，但雷金纳德的感情不仅强烈而且持久。

詹姆斯·爱德华·奥斯汀·利对这部作品并没有很大的信心，将其比作"柔弱得无法独自站立的植物，但能从她扎根更深的其他作品中得到支撑"。他接着写道：

无论如何，这不能削弱简·奥斯汀作为作家的声誉；因为即使它会被公众视为不值得出版，也必须由贸然发表的他承担责任，而非将作品锁进书桌的她。①

E. 昆西也有类似的想法，认为《苏珊夫人》"完全不像奥斯汀小姐的作品……其中的人物和细节极其令人不悦"②。

雷金纳德·法雷尔（1880—1920）在1917年7月发表于《季度评论》的文章中，对《苏珊夫人》写下了这样一段话：

> 《苏珊夫人》是她第一部需要评论的作品。它不好；它粗糙又生硬，带着年轻人常有的冷酷。
>
> 然而它对于研究这位作家的事业和性格极为重要，将其排斥在未来作品之外将是灾难，考虑到对她作品中"阴影"的任何幻想和期盼。年轻时的错误的确只是成熟作家出色之处的过度表达；《苏珊夫人》的冷酷和令人不悦只不过正是对简·奥斯汀最善表达的正确原则年轻化的夸张。

法雷尔同时看出了《苏珊夫人》和未来作品中人物之间的关联，比如《曼斯菲尔德庄园》中的玛丽·克劳福德。其实《理智与情感》中的露西·斯蒂尔与《爱玛》中的埃尔顿太太，甚至几

---

① Leigh, James Edward Austen, *A Memoir of Jane Austen* (2nd edition), London: Cambridge University Press, 1871.
② Southam, B. C. (ed.), *Jane Austen: The Critical Heritage* (Volume 2, 1870 - 1940), London: Routledge, 1987. (第16页)

位男性角色，如玛丽的哥哥亨利·克劳福德，以及《劝导》中的埃利奥特先生，从他们身上也能依稀看出苏珊夫人的影子，当然这些人物都比苏珊夫人委婉温和得多。

年轻的简在《苏珊夫人》中，通过书信洞察每个人最真实细微的心理活动，为她开创的"自由间接引语"①打下了坚实的基础。同时，在她未来的六部小说中，书信都是不可或缺的重要组成部分。

《沃森一家》原先是个没有名称的写作片段，手稿大约四十页，未经通常的整理润色，甚至没分章节，很少划分段落，包含大量缩写，可以看出几处细微的修改痕迹。詹姆斯·爱德华·奥斯汀·利将作品命名为《沃森一家》，"为了能有个标题指代它"。这部手稿由他的姐姐本·勒弗罗伊太太保存，即简姑妈多次为她修改作品，最具文学天分的安娜。

詹姆斯·爱德华·奥斯汀·利看出这是一部较为成熟的作品并为此感到高兴，认为这篇小说很有希望，人物形象生动鲜明，笔触细腻，有她独特的叙述方式，以对话而非描写体现人物性格。关于这部小说为何没能完成，他说自己给不出满意的解释，但试着表达了以下看法：

> 我个人的想法是，但这仅仅是猜测，作者意识到将她的女主角放入过于低下的境遇带来的坏处。身陷如此贫穷卑微

---

① 简·奥斯汀开创的"自由间接引语"，以第三人称的叙述形式洞悉人物最真实细微的内心感受。

的处境，虽然不一定和粗俗相联，却很有可能堕落至此；所以，正如一位起调过低的歌者，她停止了演唱。随着年龄的增长，对世事了解的增加，这也许是她更能意识到的错误；当然她未再重复，未将随后任何作品的女主角置于可能不利于一位女士提升的情境之中。

这番解释虽有道理，却忽略了作者本人当时的处境。1803年春天，简·奥斯汀的小说《苏珊》（即《北怒庄园》）被克罗斯比出版社以10英镑的价格买下版权，成为她第一部被出版社接受的小说。然而次年出版事宜毫无结果，对原先欣喜的奥斯汀必然是个打击。同样在1804年，简的母亲生病，她的好友安妮·勒弗罗伊死于一场事故。1805年1月，简的父亲突然病逝，她和母亲姐姐三人一共只有大约200英镑的年收入，陷入漂泊不定的生活，依靠几位兄弟的资助才能勉强维持体面的生活。当身陷和女主角爱玛类似的困境时，不难想象这样的感同身受会让她难以继续。

爱玛·沃森十九岁，是个中等个头，深褐色皮肤，健康开朗的漂亮女孩。十四年前，她被送给家境富裕的姑妈和姑父抚养，备受宠爱，也是预期有八九千英镑的女继承人，却因为姑父的去世和姑妈的轻率婚姻，身无分文地回到贫寒的家中。

善良的爱玛因为在爱德华兹先生举办的舞会上对一个小男孩的帮助，赢得了牧师霍华德一家的喜爱，也让迷倒众多女孩的马斯格雷夫和高冷的奥斯本勋爵对她产生了兴趣，甚至主动来到她的家中拜访，爱玛温柔的严肃话语让奥斯本勋爵第一次有心取悦一个女人。

爱玛和长姐伊丽莎白在家中过了一段贫穷却温馨的生活。不久后在克罗伊登当律师的罗伯特和妻子送玛格丽特回家，顺便看看爱玛。罗伯特对爱玛疏离冷淡，罗伯特太太虚荣自负，玛格丽特虚情假意又脾气暴躁，然而马斯格雷夫在晚上的意外来访使原本让人难以忍受的家庭聚会变得极其欢乐。

一心想得到马斯格雷夫的玛格丽特因为他第二天没有如期出现而大发雷霆，摧毁了家中的一切安适。爱玛主动提出替喜爱热闹的姐姐照料父亲，闲暇时以阅读和思考驱散所有的不快。罗伯特夫妇劝爱玛去他们家中，主要为了让爱玛帮他们料理家务。伊丽莎白虽然不舍，却帮着劝说爱玛离开，躲避恼人至极的玛格丽特。客人走了，爱玛没有同行。

在简·奥斯汀去世前的十多年中，她并未尝试完成这部很有希望的小说，只告诉了姐姐卡桑德拉故事的发展和结局：

> 爱玛的父亲很快会死去；爱玛将依附于她心胸狭隘的哥嫂一家。她会拒绝奥斯本勋爵的求婚，故事的很大乐趣源于奥斯本夫人对霍华德先生的爱恋，以及他转而对爱玛的深情。他最终会娶爱玛为妻。

未完成的《沃森一家》无疑是奥斯汀最灰暗的一部作品：爱玛生活境遇的一落千丈，哥嫂姐姐对她的无情和无视，老迈病弱的父亲很快会让没有结婚的四个女儿落入凄凉无助的境地。简·奥斯汀为这部小说安排了美好的结局，但即便如此，爱玛也必然是经历最多苦难的女主角。

《沃森一家》的写作距离 1811 年《理智与情感》的出版、《曼斯菲尔德庄园》的开始，以及她把《第一印象》修改为《傲慢与偏见》大约七八年时间。如果将《沃森一家》和这三部作品，以及随后的小说相比较，或许可以认为简·奥斯汀通过将《沃森一家》和其他小说相互交融的方式，延续了这部作品的生命力。

从爱玛身上，不难看出伊丽莎白活泼灿烂、不畏权势的性格。1814 年 1 月至 1815 年 3 月，奥斯汀创作了长篇小说《爱玛》，也是她写作效率最高的一部作品。两个故事都发生在萨里郡；两位爱玛都善良可爱，失去了母亲，也都享受过慈母般的疼爱；她们的父亲老弱多病，慈爱正直却有些自私，奥斯汀说过他们都会不久于人世；如果比较两个爱玛的相貌描述，可以发现除了肤色，她们的容貌神采极其相似；《爱玛》中的爱玛似乎一直是个开心任性的千金小姐，但假如没有奈特利先生，失去父亲的爱玛可能陷入更加悲哀的处境；而简·费尔法克斯小姐和贝茨小姐，都显示了无依无靠的女性可能陷入的痛苦境遇。

《沃森一家》中最精彩的男性角色当属汤姆·马斯格雷夫。他年轻英俊，因为早早得到财产而失去原则，和女孩们调情，被女孩们迷恋；想要结成有利的婚姻，却因爱玛的冷淡态度对她产生爱慕之情。他的出现把一场原本糟糕的家庭聚会变得趣味盎然。他是牌桌上极其耀眼的人，玩得兴致勃勃，让每个人都非常高兴。他对爱慕自己的爱玛的两个姐姐毫不在意，却愿意坐在她们身旁逗她们开心。从他的身上能看见谁呢？《理智与情感》中的威洛比，《傲慢与偏见》中的韦翰，当然更重要的是：《曼斯菲尔德庄园》中的亨利·克劳福德。

透过"第一男主"达西，能否依稀看出奥斯本勋爵的骄傲，以及霍华德先生的高大英俊和儒雅正直？《劝导》中达尔林普尔夫人来到音乐厅引起的轰动，是否同奥斯本一家进入舞厅时的情形如出一辙？而伊丽莎白渴望结婚的原因，正是和她年龄相仿的夏洛特选择柯林斯先生的理由。

> 可你知道我们必须结婚——就我自己而言单身也很不错——几个同伴，不时有一场愉快的舞会，对我而言就足够了，假如我们能够永远年轻。但父亲无法供养我们，他变得又老又穷、受人耻笑、极其糟糕……我和你一样不愿嫁给令人讨厌的男人——但我不认为**有**那么多很不讨人喜欢的男人——我想我能喜欢任何性情愉悦，收入不错的男人——我想姑妈把你养得过于文雅。
>
> 《沃森一家》

> 柯林斯先生当然既不明智也不可爱；和他相伴令人厌烦，而他对她的感情必然只是子虚乌有。但他依然会成为她的丈夫。她对男人或婚姻都不太看重，但结婚始终是她的目标；这是受过良好教育却财产微薄的年轻小姐唯一的出路，无论多不确定能否带来幸福，却一定是让她们免受穷困的愉悦保障。这份保障她现在已经得到了；在二十七岁的年纪，也从未漂亮过，她感到十分幸运。
>
> 《傲慢与偏见》

英国女作家和文学评论家弗吉尼亚·伍尔芙（1882—1941）很喜欢简·奥斯汀的短篇作品。她鼓励读者在阅读时进行分析和思索。对于《沃森一家》，她的评价是："伟大作家的二流作品值得阅读，因为它们为其杰作提供了最佳评判。"①

詹姆斯·爱德华·奥斯汀·利在第二版回忆录中，增加了以"最后的作品"为标题的第十三章，首次将《桑迪顿》呈现在读者面前。他在章节的开始就以满怀遗憾的口吻，表达了对姑妈过早离世的痛惜之情。

简·奥斯汀被从我们身边夺走：有多少未尽的才华随她而逝，她或许还能给她的读者带来多少乐趣，假如她的生命能被延长，这不得而知；但可以确定她长久开采的矿藏并未枯竭，她依然勤奋地从中获取新鲜素材。

简·奥斯汀的最后一部小说《劝导》创作于1815年8月至1816年8月，当时她已进入四十岁，在写作过程中逐渐病痛缠身，因此《劝导》的风格和前五部截然不同，是她最成熟的小说，充满了忧伤、遗憾与渴望。然而五个月后，从1817年1月27日起，她又开始了一部新作品。当时奥斯汀的身体状况应该有所好转，因为在大部分手稿中，她的字迹都整洁有力，但后面的一些页面似乎先是用铅笔书写，可能因为她身体太过虚弱，无法

① Southam, B. C. (ed.), *Jane Austen: The Critical Heritage* (Volume 2, 1870 - 1940), London: Routledge, 1987. (第102页)

坐在书桌前使用墨水。3月17日，简·奥斯汀停止了写作。这份手稿分为十二个章节，同样没有命名，因为人物众多且情节尚未完全展开，无法判断故事会有怎样的发展和结局，甚至难以看出谁会是真正的男女主角。

一些不喜欢简·奥斯汀的人批评她将同样的爱情故事重复了许多遍，认为她的小说只是关于"一个乡村中三四户人家"的琐碎生活。暂且不论这些评价是否合理，但此番评论完全不适合《桑迪顿》；或者可以说，《桑迪顿》是简·奥斯汀最特别的一部小说。

简·奥斯汀的前五部小说都以富裕乡绅的庄园大宅为主要场景，女主角大多来自乡绅家庭，通过婚姻进入了通常财富地位更高的另一个乡绅家庭。《劝导》摆脱了这样的格局，让愚蠢自负的埃利奥特爵士因为挥霍无度，只得将世袭大宅凯林奇府邸租给从战争中获得大笔奖金的海军上将夫妇，和大女儿在巴斯租下一座房子，以节省开销。他的二女儿安妮没有嫁给父亲的假定继承人埃利奥特先生，而是嫁给了平民温特沃斯，成为海军的妻子。在这部小说中，大海变成了比乡绅住宅更重要的情境。

《桑迪顿》是一部更加出人意料的小说。它以一辆马车在崎岖的道路上翻车，扭伤帕克先生的脚踝，在海伍德一家的精心照料下痊愈后，帕克夫妇把他们二十二岁的长女夏洛特带到桑迪顿为开端，展开了一段开发海滨浴场的投机故事。

帕克先生大约三十五岁，结婚七年，有温柔却毫无主见的妻子、四个孩子和可以舒适生活的财产。他因为偶然的机会同桑迪顿的另一位主要地产主合作，从此狂热地想把桑迪顿打造成为时髦的小型浴场。

桑迪顿是他的第二个妻子和四个孩子——几乎同样宝贵——当然更费心思。他可以永远谈论它——它的确拥有最高的权利——不仅是他的出生地、财产和家——也是他的矿藏，他的赌注，他的投机活动和他热衷谈论的话题；他的职业，他的希望和他的未来。

从他劝说海伍德一家随他去桑迪顿的话语中，很容易看出他"想法乐观，幻想多于见识"的性格。

他的确相信谁都不可能真正健康，没有人（无论此时偶然借助运动和心情显得多么健康）能够每年在海边度过的时间少于六个星期，却能真正享有永远的健康——海边的空气和海水沐浴共同的作用几乎万无一失，总有一种或另一种方法能够应对胃、肺或血液的各种不适。它们可以治疗痉挛，治疗肺病，治疗脓毒，治疗胆汁不适，以及治疗风湿病。谁都不可能在海边感冒，谁也不会在海边没有胃口，谁都不会情绪低落，谁也不会没有力气——大海能够治愈，可以舒缓，也能放松——令人精神振奋，心旷神怡——似乎正是人们所需——有时一种，有时另一种——如果海风不起作用，海水沐浴必然有效——在沐浴没用时，显而易见大自然会让海风单独进行治愈。

以现实主义著称的简·奥斯汀在有生之年的最后一部作品中尽情放飞想象力，创造了许多令人捧腹大笑的情境，以及众多堪比柯林斯先生的可笑之人。

同帕克先生合作的德纳姆夫人是个七十岁的老太太，已经埋葬了两任丈夫，从两次婚姻中得到丰厚的财产和很有价值的爵位，被三群期待继承她财产的人奉承着。她极其吝啬自负，如今又增添了对投资失败的担忧。年轻美丽的穷亲戚克拉拉·布里尔顿小姐陪伴她生活，让最有希望成为她遗嘱受益人、相貌英俊的爱德华爵士感到不安，下定决心要诱惑她并毁灭她。爵士的妹妹德纳姆小姐既为她的财产感到不满，又为她的身份感到自负，谄媚又高傲。帕克先生两个妹妹和弟弟的来访，因为他们的各种病痛，以及妹妹戴安娜想为哥哥招徕的两群客人大大缩水的情节，让小说变得妙趣横生，而最终到来的几位客人，也给小说增添了许多笑料。

在这部小说中，简·奥斯汀一改通常以爱好读书夸赞人物的习惯，讽刺了因为空虚偏执的头脑而误入歧途的爱德华爵士。

> 他执拗的判断力，必然因为他天生缺乏很强大的头脑，让小说中恶棍的优雅、勇气、睿智与执着在爱德华爵士看来盖过了他所有的荒唐和所有的残暴。对他而言，这样的表现是天才、激情和信念——这令他兴致盎然、热情似火；他总是更渴望其成功，为其失败满怀忧伤，远超作者的意愿。

> 虽然他的许多想法来自这样的阅读，然而说他不读其他任何作品，或是他的语言并非源于对现代文学的大体了解却

并不公正——他读了当时所有的散文、书信、游记和评论——却同样不幸地让他从道德经验中汲取了错误的原则，从历史的颠覆中得到邪恶的诱惑，让他只从我们最喜爱作家的创作风格中获得了生僻的词语和晦涩难懂的句子。

他想诱惑并毁灭克拉拉的计划，因为显而易见又出人意料的理由而暂时搁浅。

事实上再大的挫折也不会影响爱德华爵士。他能抵御最强烈的鄙视或厌恶——如果不能用感情赢得她，他一定会把她带走。他知道自己要做什么——他已经对这件事思索良久。如果他的确只能这样做，他自然会希望弄出些新花样，超越那些领先于他的人——他很想弄清廷布科附近有没有适合接待克拉拉的独立房屋。可是哎呀！那种高明做法所需的花费不适合他的钱包，而审慎迫使他让他的意中人以安安静静，而非更轰轰烈烈的方式得到毁灭与耻辱。

简·奥斯汀的小说中不常出现对病痛的详细描述。《傲慢与偏见》中的班尼特太太和《劝导》中的玛丽经常头痛不适，却是无病呻吟；《爱玛》中的伍德豪斯先生尚未老迈，却已老态龙钟，因为酷爱幻想出莫须有的病痛；而《理智与情感》中的玛丽安因为失恋的痛苦和风寒的侵袭差点死去，成为最有哥特气质的女主角。但在《桑迪顿》中，对疾病的描述贯穿全文，成为小说的亮点和重要笑料。

小说刚开始，帕克先生就因为寻找外科医生而扭伤了脚踝，而他投资开发桑迪顿的重要原因，源于他幻想中桑迪顿对各种疾病的治愈能力。他的两个妹妹和二十一岁的弟弟，更是整天沉迷于对生病的幻想，把自己都变成了药罐子，同时忙着对别人有用。然而理智的夏洛特从最初就看出他们的病痛和他们的忙碌全都是无中生有。

夏洛特不可能不怀疑这种异乎寻常的健康状态有很大的想象成分。身体的不适和恢复都太不平常，似乎更像热切的头脑找些事情来自娱自乐，而非真正的病痛或缓解。帕克一家毫无疑问酷爱幻想，感觉敏锐——当长兄以成为投机商发泄他多余的感情时，他的妹妹们也许以想象出老毛病来消磨她们的感情。

显然他们活跃的大脑并非**全部**用于此处，还有一部分用来渴望能够起到作用。似乎他们一定不是忙着对别人有用，就是自己病得不轻。事实上，某些天生的敏感体质，加上他们不幸喜爱寻医问药，尤其爱找江湖郎中，让他们很早的时候，就在不同时期有了各种不适；他们别的痛苦都源于想象，因为爱出风头，想引人注意。他们有善良的心灵和许多令人愉悦的感情——但他们的内心从不安分，总想比别的任何人更有成就，这体现在他们的每一次善举上——他们做到的一切，以及他们忍受的一切，无不显得自负空虚。

尽管这些年轻人有各种匪夷所思的病症和治疗方式，最年长的德纳姆夫人对待这件事却最为豁达：

> 我已经在这世上好好活了七十年，看外科医生没超过两次——这辈子从来没有为了我**自己**，见过外科医生的脸——我真的相信假如我可怜又亲爱的哈里爵士也从未见过任何一位，他现在应该还活着——那个人接连不断地拿了十次诊疗费，让**他**送了命——我请求你，帕克先生，别让外科医生过来。

1817 年 3 月 14 日，简·奥斯汀曾给侄女卡罗琳写信，热情邀请她随时来访，然而很快因为病情加重无法履行约定。卡罗琳后来和姐姐勒弗罗伊太太（即安娜）看望了她，对她的状况做出了以下描述：

> 她非常苍白，她的声音无力又低沉，她看上去衰弱又痛苦；但我得知她从未有过太多剧烈的疼痛。她无法努力和我们说话，我们去病房的看望非常短暂，卡桑德拉姑妈很快就带我们离开。我想我们待了不到一刻钟；我再也没见过简姑妈。[①]

3 月 25—27 日，即简·奥斯汀停止写作《桑迪顿》一个星期后，她在给侄女范尼的信中透露了自己的病情。

[①] Pinion, F. B., *A Jane Austen Companion*, London: Macmillan Press Limited, 1973.（第22 页）

非常感谢你好意关心我的健康；我当然已经好几个星期身体不适，大约一个星期前情况很糟。我时常发着高烧，夜不成寐，但我现在好多了，样子也稍有恢复，之前特别难看——晦暗苍白，各种病态的气色。我不可能指望再次容光焕发。在我这个年龄生病是危险的放纵。

也许过去一年绵延不断的莫名病痛[1]正是简·奥斯汀决定创作这样一部作品的原因和动力。强大的头脑以虚弱的身体自娱自乐，把她承受的痛苦转化为帕克先生的胡言乱语和姐弟三人自负空虚的无病呻吟，同时渴望自己的病痛也能像帕克姐弟那样纯属子虚乌有，"只需灭掉炉火，打开窗户，以各种方式丢掉药剂和嗅盐"。让我们为这位过早离世的伟大作家感到伤心遗憾的同时，更对她乐观坚强的天性油然而生敬佩之情。

英国作家与评论家弗兰克·斯温纳顿（1884—1982）对这份未完成的作品评价极高。他看出奥斯汀继续提升的写作才能，发现了"更伟大，更成熟的卓越之处"："更辛辣的讽刺"以及"其他任何作品无法超越的敏锐与坚定"，并宣称自己为"桑迪顿迷"。威尔伯·克罗斯（1862—1948）也曾在《耶鲁评论》中写道："这份片段处处体现了至臻的造诣。"[2]

---

[1] 简·奥斯汀的死因至今还是个谜，有阿狄森氏病、霍奇金氏病、肺结核，甚至砒霜中毒等各种猜测。

[2] Southam, B. C. (ed.), *Jane Austen: The Critical Heritage* (Volume 2, 1870 - 1940), London: Routledge, 1987. (第103页)

本人是华东师范大学外语学院教师，于 2017 年 9 月至 2018 年 9 月期间获国家留学基金委奖学金，在加拿大滑铁卢大学英语系作为访问学者，师从弗雷泽·伊斯顿教授（Fraser Easton）进行简·奥斯汀研究。访学期间，我遇见时任滑铁卢大学孔子学院中方院长周敏教授，在她的指引下走上了奥斯汀翻译之路。感谢群岛图书出版人彭伦老师、华东师范大学出版社许静老师和陈斌老师的帮助与认可。感谢华东师范大学出版社对我的信任，感谢我在此工作二十年，温暖如家的大学英语教学部，同时感谢给我帮助、支持与鼓励的师长、家人、同事、学生和朋友们！

三部短篇作品中的黑体着重标记（原版为斜体）均以"牛津世界经典丛书"的"Northanger Abbey and Other Works"（2008）为标准，文末注释也以此书为重要参考。由于未完成的两部小说基本保留了极少划分段落的原始状态，为方便阅读，译者在遵照原格式的基础上，对过长的段落进行了分段。如有不当之处，欢迎亲爱的读者批评指正。

最后，愿这本有些青涩粗糙，同时饱含遗憾的《苏珊夫人：简·奥斯汀短篇作品集》能让读者了解更真实的简·奥斯汀，并爱上这位真性情的伟大作家！

汪燕

2022 年 11 月 13 日

苏珊夫人

1. 苏珊·弗农夫人致弗农先生

我亲爱的弟弟：

　　上次分别时，你好意邀请我来丘奇尔住几个星期，如今我无法继续拒绝这样的快乐，因此如果你和弗农太太现在方便接待我，我希望几天后能被介绍给我长久以来渴望结识的妹妹。我在此处好心的朋友们极其热情地劝我多住些日子，但他们的性情过于友好快乐，以我目前的境遇和心情，过多的陪伴实难承受；我迫不及待地盼望着进入你愉悦宁静的家庭之中。我渴望被你亲爱的小宝贝们认识，我非常希望他们在心里对我怀有兴趣，我很快会需要这些让自己变得坚毅，因为我正要和我的女儿分离。她亲爱的父亲长久的病痛让我无法给她责任与亲情共同要求的关注，我也有太多理由担心受我托付照料她的家庭教师，无法胜任其职。所以我已经决定把她放进城里①最好的一所私人学校，这样我就有机会将她留下，独自来你这儿。你瞧我已下定决心，不在丘奇尔被拒之门外。倘若得知你无权接待我，一定会让我痛苦至极。

你感激不尽，情深意切的姐姐
苏·弗农

---

① 原文为"Town"，指伦敦。

2. 苏珊·弗农夫人致约翰逊太太

兰福德

　　我亲爱的艾丽西娅，你以为我接下来的整个冬天都会待在这儿，其实错了。说你大错特错让我难过，因为我几乎没有哪三个月比一晃而过的这段时间过得更快乐。此时一切都不顺利。家中的女人联合起来反对我。在我刚来兰福德时，你预料过情形将会怎样；梅因沃林那么讨人喜爱，我并非没为自己担心过。我记得在来这座房子的路上暗想着："我喜欢这个男人，请求上帝别因此带来伤害！"但我决定保持审慎，记住我才守寡四个月，要尽量安安静静——我也这样做了。我亲爱的宝贝，除了梅因沃林，我没接受过任何人的殷勤。我避免了各种常见的打情骂俏，也对来此拜访的所有人都没有任何偏重，除了詹姆士·马丁爵士，我对他稍加关注，只为让他离开梅因沃林小姐。但如果世人能够得知我在**那儿**的动机，他们会对我心生敬意。我一直被称为无情的母亲，但这是母爱的神圣冲动，为女儿的考虑才让我如此行事；如果那个女儿不是世界上最大的傻瓜，我也许已经为自己的付出得到了理应的回报——詹姆士爵士的确对我提出向弗雷德里卡求婚——但弗雷德里卡生来只为折磨我，选择特别强烈地反对这门婚事，所以我认为此时最好搁下这个计划。我不止一次后悔自己没有嫁给他，但凡他没有虚弱得如此令人鄙夷，我一定这样做了，但我必须承认自己在那个方面十分浪漫，仅有财富，还不能让我满足。所有这些事让人十分恼火。詹姆士爵士走了，玛丽亚特别愤怒，梅因沃林太太嫉妒得不能自已；简而言之嫉妒至极，对我怒火中烧，倘若她能和她的监护人自由交谈，因为一时的气愤向他求助，我不会感到惊讶——但在那个方面你丈夫堪称我的朋友，他一生中最善意、最可亲的举动是从她结婚起便抛弃了她。所以我要求你让他保持厌恶。我们现在处境悲哀；没有哪座房子会变得如此面目全非；所有人都相互敌对，梅因沃林几乎不敢和我说话。是我该走的时候了；因为我决心离开他们，希望这周之内能在城里和你度过愉快的一天。如果我像往常一样不受约翰逊先生喜爱，你必须来威格莫尔街 10 号看我——但我希望情况不会这样，因为约翰逊先生尽管缺点众多，却总被视为"可敬"之人，他也知道我和他妻子关系密切，所以对我的轻视会令他难堪。来城里的路上我会顺路去那个让人无法忍受的地方，一个乡村，因为我真的要去丘奇尔。原谅我，我亲爱的朋友，这是我最后的办法。倘若英格兰有另一个地方向我敞开，我会选择去那儿。查尔斯·弗农让我讨厌，我也害怕他妻子。可我必须待在丘奇尔，直到有了更好的去处。我女儿陪我去城里，我会把她留给威格莫尔街的萨默斯小姐照看，直到她变得稍稍理智些。她在那儿能结交很好的朋友，因为那里的女孩全都来自最好的家庭。价钱极高，远超我能尝试支付的费用。

再见。我一到城里，就会给你写信。

你永远的
苏·弗农

3. 弗农太太致德·库西夫人

丘奇尔

我亲爱的母亲：

　　我很遗憾地告诉您，我将无法信守和您一起过圣诞节的承诺，而阻止我们得到那番快乐的情形不大可能带来任何补偿。苏珊夫人给她的小叔子写了信，宣称她打算几乎立刻前来拜访我们——因为这样的拜访很有可能只为图个方便，所以无法猜测其期限。我对这件事毫无准备，到现在也无法解释那位夫人的行为。兰福德似乎是在各个方面正适合她的地方，那儿的生活方式优雅奢侈，她也对梅因沃林太太特别喜爱。虽然自从她丈夫去世后，我常常想着她对我们不断加深的友谊，意味着我们不得不在将来的某个时候接待她，但我绝未想到她会这么快挑选我们。我认为弗农先生对她太好了，当他在斯塔福德郡的时候。她对他的表现，不考虑她的大体性格，自从我们最初打算结婚时，就始终狡诈卑鄙得不可原谅，但凡不如他这么温柔可亲的人都不会全然无视；尽管她是他哥哥的遗孀，并且处境穷困，给她金钱的帮助合情合理，我忍不住想着他一再邀请她来丘奇尔看望我们其实毫无必要。然而因为他总把每个人想到最好，她展现的悲伤，表达的遗憾，和总体想要审慎的决心，足以使他心软，让他真心信赖她的诚恳。但至于我自己，我依然怀疑；尽管夫人的信件写得貌似有理，我依然无法确定，直到我能更好地弄清她来我们这儿的真实意图。因此我亲爱的母亲，您能猜出我是怀着怎样的心情期盼她的到来。她将有机会展示她声名远扬的所有那些魅力，来赢得我的任何喜爱。我当然会尽量提防这些影响，只要没有伴随更实质的问题。她表示非常想结识我，还特别亲切地提到我的孩子们，但我尚未软弱至此，会认为一个对自己的孩子即使算不上无情，至少很不在意的女人，会喜欢上我的任何孩子。弗农小姐会在她母亲来这儿前被放进伦敦的一所学校，我因此而高兴，为她也为我自己。和她母亲分开一定对她有好处；而一个十六岁的女孩，得到了如此不幸的教育，不可能在这儿成为令人喜爱的同伴。我知道雷金纳德早就想见这位迷人的苏珊夫人，我们大可相信他很快会来到我们这里。我很高兴地听说父亲的身体一直很好。献上我最深的爱意——

凯瑟琳·弗农

4. 德·库西先生致弗农太太

帕克兰兹

我亲爱的姐姐：

我祝贺你和弗农先生即将把全英格兰最会卖弄风情的女人，迎接到你们的家中。我总是受人告诫，要视她为最擅调情的女人；但我最近碰巧听见她在兰福德行为的一些细节，证明她不限于能让大多数人满意的那种单纯的调情，而是渴求让整个家庭陷入痛苦的那种更美妙的满足感。她以对梅因沃林先生的表现，让他的妻子嫉妒又伤心；通过对原先爱慕梅因沃林先生妹妹的一个年轻人献殷勤，让这个可爱的女孩失去了她的情人。所有这些我都是从附近的一位史密斯先生那儿听说——（我和他在赫斯特和威尔福德吃了饭）——他刚从兰福德回来，和夫人在那座房子里相处了两个星期，因此很有资格说出这些话。

她该是怎样的女人啊！我渴望见到她，当然会接受你的好意邀请，这样我也许会对那些无所不能的魅惑有些了解——能在同一段时间，同一座房子里俘获两个男人，而他们本来都不能自由地表达爱意——并且在缺乏青春魅力时做到这一切。我很高兴地发现弗农小姐没陪她母亲来到丘奇尔，因为据史密斯先生所说，她的举止乏善可陈，而且愚钝又骄傲。当骄傲和愚蠢结合在一起时，任何装腔作势都引不起注意，弗农小姐将会遭到无情的蔑视。但从我知道的一切看来，苏珊夫人拥有一些令人迷醉的诡计，无论目睹还是发现，一定令人愉悦。我很快会和你们在一起。我是——

你挚爱的弟弟
雷·德·库西

5. 苏珊·弗农夫人致约翰逊太太

丘奇尔

我亲爱的艾丽西娅，我收到了你的来信，就在我要离开城里前，并欣喜地得知约翰逊先生对你前一天晚上的约会没有丝毫的怀疑。毫无疑问最好完全将他蒙在鼓里。既然他要固执，他必须受到欺骗。我平安到达这儿，没理由抱怨弗农先生对我的接待；但我承认自己对他妻子的表现不那么满意。她教养极好，的确如此，有着时髦女人的那种气质，然而她的举止，还不能让我相信她有心喜欢我。我希望她很高兴见到我——我当时尽量表现得和蔼可亲——但都徒劳无益——她不喜欢我。当然如果我们考虑到**我的确**费了些心思阻止我的小叔子娶她，这种不友善并不令人惊奇——然而为了在六年前影响了我的一个计划而心怀怨恨，表明她狭隘偏执、有报复心，而且这个计划最终并未成功。我有时会对在必须出售弗农城堡时，没让查尔斯购买感到懊悔，但当时情况棘手，尤其出售当天正是他的结婚之日——人人都应该尊重那些微妙的感受，让我丈夫的弟弟拥有家族产业，以此损害我丈夫的尊严，这无法容忍。要是能好好安排这件事，让我们无须离开城堡；如果我们能和查尔斯一起生活，让他保持单身，我绝不会劝说我丈夫把它卖给别人；但查尔斯正要娶德·库西小姐，这使我的做法合情合理。这里孩子成群，他购买弗农城堡又能带给我什么好处？我曾经对婚事的阻止也许给了他妻子不好的印象——但只要有心讨厌，从不缺乏动机；至于钱财问题，这并未妨碍他对我很有用处。我真的喜欢他，他那么容易受人指使！

这座房子很好，家具时髦，一切显得富足优雅。我相信查尔斯很有钱，不过人一旦进入银行工作，他就在钱堆里打滚①。可他们不知道怎么处置这些钱，很少与人交往，除了办事从不去伦敦。我们会过得傻不可耐。我打算通过孩子们赢得我姑娌的心；我已经记住他们所有人的名字，打算对其中一个特别喜爱，一位小弗雷德里克，我会把他放在我的腿上，为他亲爱的伯父叹息。

可怜的梅因沃林！我无须告诉你我有多想念他——他是怎样让我朝思暮想。我来到这儿时发现了他的一封忧伤的来信，满是对他妻子和他妹妹的抱怨，为他残酷的命运而哀叹。我对弗农夫妇谎称这是他妻子的信，当我给他写信时，一定要假装在写给你。

你永远的
苏·弗农

---

① 简·奥斯汀的四哥亨利 1801 年成立银行，先后在伦敦和汉普郡的奥尔顿拥有办事处，过着富裕的生活。1815—1816 年亨利的银行倒闭并宣布破产。

6. 弗农太太致德·库西先生

丘奇尔

好了我亲爱的雷金纳德，我已经见到这个危险的人儿，必须给你一些对她的描述，虽然我希望你不久后就能做出你自己的判断。她的确非常漂亮，不过你也许会质疑一个不再年轻的女人拥有的吸引力。就我而言，我必须宣称我难得见到像苏珊夫人这么可爱的女人。她的皮肤细腻白皙，有着漂亮的灰眼睛和黑睫毛；从她的样子看来人们不会认为她超过了二十五岁，虽然她其实比这大了十岁。我当然不想仰慕她，尽管总是听说她很漂亮；但我忍不住感觉她是难得集匀称、耀眼和优雅于一身的人。她对我的话语如此温柔坦率，甚至充满深情，因此假如我不知道她一直因为我嫁给弗农先生而不喜欢我，也从未见过她，我会以为她是个亲密的朋友。我相信人们总以为卖弄风情的人会行为放荡，相信无耻的人会话语粗鲁；至少我本人准备着苏珊夫人的一些不当表现。然而她的神情非常甜美，她的声音举止娇媚温柔。我很遗憾是这样，因为这除了欺骗还能是什么？不幸的是人们太了解她了。她聪明又可爱，精通世故，善于交流，表达顺畅，能巧妙地把控语言，我相信这常能让她颠倒黑白。她已经几乎让我相信她深爱着她的女儿，尽管我一直以来都认为恰恰相反。她说起她时满怀柔情、焦虑不安，为忽视了她的教育深感痛惜，不过她将此说成完全无法避免。我只得回忆起这位夫人有多少个春天连续去城里，却把她的女儿留在斯塔福德郡，由仆人或没好多少的家庭教师照顾她，才能不相信她说的话。

如果她的行为能对心怀怨恨的我产生这么大的影响，你能看出这对弗农先生慷慨的脾性产生的影响要大得多。我希望我能和他一样满意，希望离开兰福德来到丘奇尔果真是她的选择。假如她不是在那儿待了三个月才发现她朋友的生活方式不符合她的境遇和感情，我也许会相信因为失去了弗农先生这样一个丈夫，而她本人对他的行为远非无可挑剔，这种顾虑也许会让她有一段时间想要隐退。但我无法忘记她在梅因沃林夫妇家住了多久，而且当我想到她和他们一起时的生活方式，和她现在必须忍受的生活方式多么截然不同，我只能认为虽然为时已晚，但她依然想通过得体的生活重建声誉，这才使她只能从她其实过得特别开心的家庭中退出。然而你朋友史密斯先生的话不可能完全正确，因为她常和梅因沃林太太通信；无论如何一定是夸大其词；不大可能有两个男人同时深受她的欺骗。

你的

凯瑟琳·弗农

7. 苏珊·弗农夫人致约翰逊太太

丘奇尔

我亲爱的艾丽西娅：

你能关注弗雷德里卡真是太好了，我将此视为我们友谊的证明而心怀感激。但因为我丝毫不怀疑你的热烈情感，我完全不想带来这么大的牺牲。她是个蠢女孩，一无是处。因此就我而言，我绝不想把她送到爱德华街，占用你的宝贵时间，尤其是每次拜访都会大大减少她从萨默斯小姐那儿得到的宝贵教育，连我本人都真心希望能够获得。我希望她弹琴唱歌都有些品位，也很有信心，因为她有**我的**手和胳膊，同时声音尚可。**我**在幼年时被过度纵容，从未被迫做任何事，所以不具备如今的漂亮女人必须拥有的才华①。我并非赞成需要精通所有语言、艺术和科学的主流时尚；这是浪费时间。掌握法语、意大利语、德语、音乐、唱歌、绘画等，会给女人赢得一些掌声，但绝不能让她多一个情人。毕竟优雅和礼仪最为重要。所以我并非说弗雷德里卡应该很有才华，而且我自认为她不会在学校待得太久，能在任何方面达到精通。我希望看着在她一年内成为詹姆士爵士的妻子。你知

---

① 简·奥斯汀并不特别看重女性的这些传统才华。这个态度在她的《傲慢与偏见》及其他小说中都有体现。

道我的期待有着怎样的基础，当然理由充分，因为学校一定让弗雷德里卡这个年龄的女孩深感耻辱；顺便说一下，你最好别出于那个原因再次邀请她，因为我希望发现她的境遇尽可能糟糕。我相信詹姆士爵士随时愿意求婚，也能以寥寥数语让他再次请求。与此同时，我要麻烦你在他来城里时，防止他产生别的任何爱恋；偶尔邀请他去你家，对他谈谈弗雷德里卡，让他别忘了她。

总的来说我对自己就这件事的做法极其满意，将此视为既审慎又温柔的乐事。有些母亲会坚持让她们的女儿一开始就接受这么好的亲事，但我无法让自己强迫弗雷德里卡进入一场令她满心厌恶的婚姻；我不想采取那么严厉的手段，只是通过让她过得极不舒适而确实接受他，将此变成她自己的选择。但对这个讨厌的女孩来说已经够了。

你也许好奇我会怎样打发在这儿的时间——第一个星期里，简直无聊得难以忍受。不过现在，我们开始改善；我们的人数因为弗农太太弟弟的到来而增加，那是个英俊的年轻人，一定能带给我一些消遣。他的某些方面让我很感兴趣，有种傲慢，一些随意，我会教他改正。他很活泼，似乎很聪颖，当我唤起他的更多敬意，超出他姐姐给他好心灌输的想法时，他也许能成为一个讨人喜爱的调情者。驯服一颗傲慢的心，让一个起初执意厌恶的人，承认对方的出色，有着无与伦比的快乐。我已经通过冷静的矜持，让他感到不安；我会努力打击这些自高自大的德·库西家人的骄傲，让他们更加卑微，让弗农太太相信她作为姐姐的警告徒劳无益，说服雷金纳德她在无耻地诋毁我。这个计划至少能带给我乐趣，让我在和你以及我爱的所有人分开后，不会感到过于痛苦。再见。

你永远的

苏·弗农

8. 弗农太太致德·库西夫人

我亲爱的母亲：

您有一段时间无法期待雷金纳德回家了。他想让我告诉您目前的晴朗天气诱使他接受弗农先生的邀请，要在苏塞克斯多住一阵，也许他们能够一起打猎。他希望即刻送来他的马，无法说清您何时能在肯特见到他。我亲爱的母亲，我不会掩饰我对这个变化的感受，尽管我想您最好别将此告诉我父亲。他对雷金纳德的极度担忧会令他惊恐，也许会严重影响他的健康和心情。苏珊夫人当然设法在两个星期内让我弟弟喜欢上她。简而言之，我相信他超出原先定好的返程日期继续留在这儿，对她的迷恋，和同弗农先生打猎的心愿一样重要；因此我当然无法为他的延长拜访感到快乐，否则弟弟的陪伴一定会让我喜悦。我的确对这个无原则女人的诡计多端感到恼火。比起颠覆雷金纳德的看法，还有什么更能证明她的危险才华呢？他进入这座房子时是明确讨厌她的。在他的上一封信中，他其实还告诉我她在兰福德的一些具体表现，是从一位非常了解她的先生那儿得知，如果真实必会引起对她的厌恶，而雷金纳德本人完全乐意赞同。我相信，他对她的评价和对英格兰任何女人的评价一样低。在他刚来时，他显然觉得她配不上体贴或尊重的对待，认为她会对任何想玩弄她的男人献上的殷勤感到高兴。

我承认她的表现是决意要打消这样的想法，我没有出丝毫不得体——完全没有自负、做作和轻浮——她总的来说那么富有魅力，所以我不会对他喜欢她感到惊讶，假如他在这次私交之前对她一无所知；然而，我相信他已经违背理智，违背信念，对她极其喜爱，这的确令我吃惊。他的仰慕之情起初就很强烈，但这再自然不过；我不奇怪他被她举止的温柔细腻深深打动；但当他最近提起她时，却用了更加非凡的赞美之辞。昨天他的确说到，他对这般可爱与这般才华在男人心里造成的任何影响都不惊讶；当我以对她恶劣性情的痛惜作为答复时，他说无论她可能犯了怎样的错误，都应该归结于她教育的缺失和过早的婚姻，而她总的来说是个出色的女人。

他如此乐意原谅或忘记她的表现，对她满心仰慕，令我恼火。如果我不知道雷金纳德在丘奇尔住得十分舒适，无须邀请就会延长拜访，我会遗憾弗农先生向他发出了邀请。

苏珊夫人的意图当然只是卖弄风情，或想得到所有人的仰慕。此时我无法想象她有任何严肃的打算，但看到雷金纳德这样有理智的年轻人被她彻底愚弄，令我深感屈辱。

我是您的

凯瑟琳·弗农

9. 约翰逊太太致苏珊·弗农夫人

爱德华街

我最亲爱的朋友：

我为德·库西先生的到来祝贺你，我也建议你无论如何要嫁给他。我们知道他父亲拥有丰厚的产业，我相信当然由他限定继承①。雷金纳德爵士身体很虚弱，不大可能是你长久的妨碍。我听到对这个年轻人很好的评价，虽然没有谁真正配得上你，我最亲爱的苏珊，德·库西先生也许值得获取。梅因沃林当然会暴跳如雷，但你能轻松让他平息。而且，对你名誉最重要的一点要求你等待**他的**解脱。我已经见到詹姆士爵士——他上星期在城里待了几天，来爱德华街拜访了几次。我对他谈到你和你的女儿，他远未忘记你们，让我相信他会愉快地娶你们两人中的任何一个。我让他对弗雷德里卡的应允感到希望，告诉他她的许多进步。我责备他和玛丽亚·梅因沃林调情，他声称那只是玩笑，我们两人都为她的失望而开怀大笑，简而言之，非常令人愉悦。他和以前一样傻。

你忠实的

艾丽西娅

---

① 指世袭产业根据继承法指定由某人继承，目前的主人没有权利更改或剥夺继承权，如《傲慢与偏见》中柯林斯先生对班尼特先生产业的继承。

10. 苏珊·弗农夫人致约翰逊太太

丘奇尔

我非常感谢你，我亲爱的朋友，给我关于德·库西先生的建议，我知道你完全相信这是个权宜之计，尽管我尚未下定决心这样做。我不能轻易决定像婚姻这么严肃的任何事情，尤其当我此时并不缺钱，也许在那位老先生死去之前，从这门亲事中得不到什么好处。我的确足够自负，相信这唾手可得。我已经让他意识到我的影响，现在能愉快地为征服一个原本打算不喜欢我，并且对我过去所有行为都怀有偏见的头脑而洋洋得意。我希望，他姐姐也能相信任何人对别人以恶意的话语进行诋毁，在才华和举止的即刻影响下，是多么无济于事。我清楚地看到她为我不断赢得她弟弟的好感而觉得不安，并相信她会不顾一切地妨碍我；但我已经有一次让他怀疑她对我的看法是否公正，我想我可以无视她。

看着他愈发亲密让我愉快，尤其看着他在我冷静端庄气质的压抑下改变了的举止，他无礼地靠近我并直接表示亲昵。我从最初就行为谨慎，我此生从未比现在更不像一个卖弄风情的人，尽管我从未如此决意控制。我已经凭借我的感情和严肃交谈彻底征服了他，我也许能说让他至少有**一半**爱上了我，在我从未表现出最寻常的打情骂俏之时。弗农太太知道对于她做的坏事，我有能力施加她应得的各种报复；仅仅这一点就能让她觉察出我是在某种意图的驱使下表现得如此文雅，毫不做作。不过让她随心所欲地思考和行事吧；我从未发现任何姐姐的建议能阻止一个年轻人按照自己的心愿爱上别人。我们正朝着某种亲密的关系发展，简而言之有可能进入一种柏拉图式的友谊。在**我**这方，你也许能相信绝不可能更多，因为就算我没有对另一个人产生热烈的爱恋，我也绝不会把我的感情给予一个曾经胆敢把我想得如此卑劣的男人。

雷金纳德仪表堂堂，并非配不上你所听见的赞美之辞，但依然比我们在兰福德的朋友相差太远。他不及梅因沃林优雅逢迎，相比而言也没能力说出那些令人愉悦、让人对自己和对全世界都感到心情大好的话语。不过他足够讨人喜爱，能给我带来消遣，让我的许多时间过得非常愉快，否则我得用那些时间努力克服我妯娌的寡言少语，或听她丈夫的无聊闲谈。

你对詹姆士爵士的讲述特别令人满意，我打算很快向弗雷德里卡小姐暗示我的意图。

你的

苏·弗农

11. 弗农太太致德·库西夫人

我最亲爱的母亲：

　　我的确对雷金纳德感到十分不安，因为看到苏珊夫人迅速加深的影响。他们现在处于一种最特别的朋友关系，经常一起长久交谈，她已经设法通过最狡诈的卖弄风情让他的想法符合她的意愿。看着他们之间的亲密关系，并且建立得如此迅速，我不可能不感到一些惊恐，虽然几乎无法认为苏珊夫人的计划已经延伸至婚姻。我希望您能让雷金纳德回家，以任何貌似合理的借口。他丝毫没打算离开我们，我已经在我家中的礼仪能够允许的范围内，多次向他暗示父亲的身体状况很不稳定。她一定对他有着无穷的影响力，因为她已经完全消除了他曾经的所有敌意；而且说服他不仅忘记，更要为她的行为辩护。史密斯先生讲述的她在兰福德的行径，说她让梅因沃林先生和一个与梅因沃林小姐订了婚的年轻人疯狂地爱上了她，雷金纳德过来时曾深信此事，可他现在却相信这只是无耻的谎言。他已经无比激动地对我说了这些，显然表明他很后悔自己曾经相信了相反的情况。

　　我为她进了这座房子感到真心难过！我一直对她的到来感到不安——但绝未想过会源于对雷金纳德的担忧。我期待着对我本人而言最不讨人喜欢的同伴，却完全没想到我的弟弟会有丝毫被这个女人迷惑的危险，他曾经那么清楚她的原则，并真心鄙视她的人品。如果您能让他离开，会是一件好事。

您挚爱的

凯瑟琳·弗农

12. 雷金纳德·德·库西爵士致其子

帕克兰兹

我知道年轻人通常不接受对他们感情问题的任何问询，即使来自他们最亲近的家人；但我希望，我亲爱的雷金纳德，你能做得更好，不会毫不在乎一位父亲的忧虑，自认为有权拒绝向他吐露实情，并蔑视他的建议。你一定知道作为独子，一个古老家庭的代表，你在生活中的表现会对你所有的亲友至关重要。尤其在婚姻大事上，一切都牵涉其中；你自己的幸福，你父母的幸福，以及你的名声。我想你不会故意订下那样的婚约却不告知你母亲和我本人，至少不会在无法相信我们能同意你的选择时那样做；但我忍不住担心你会受到欺骗，和最近与你相处甚密的那位夫人订下婚事，而你的整个家族，远近亲戚，必将极力反对。

苏珊夫人的年龄本身是个实际的障碍，但她缺乏人品，这一点严重得多，以至于相比而言十二岁的年龄差异变得无关紧要。假如你没被一种迷恋蒙蔽了双眼，由我来复述她那些众所周知的极不得体的行为简直荒唐可笑。她对她丈夫的无视，她对其他男人的鼓励，她的奢侈与放荡极其令人厌恶、恶名昭著，因而如今没有人会对此一无所知，或是能够忘记那些。在我们的家中，她始终因为查尔斯·弗农先生的仁慈被说得更好，但尽管他慷慨地努力为她辩解，我们知道她的确出于最自私的动机，想方设法地阻止他和凯瑟琳结婚。

我亲爱的雷金纳德，我的年纪和每况愈下的身体让我极其盼望你成立家庭，安顿下来。至于这位妻子的财富，因为我本人财产丰厚，我能对此毫不在意；但她的家庭和品格必须全都无可挑剔。当你做出了选择，让我对这两个方面绝无异议，我能承诺即刻愉快地表示赞许；但我有责任反对这样的婚事，只因极度狡诈才成为可能，而且最终必将陷入痛苦。

也许她的行为只源于自负，或在面对她必然认为对她怀有强烈偏见的男人时，希望得到他的仰慕之情；但她很可能有着更高的目标。她很贫穷，自然可能寻求一定能对她本人有利的婚姻。你知道你自己的权利，知道我无法不让你继承家庭财产。在我有生之年让你感到伤心痛苦，那将是我在任何情况下都不屑于实施的一种报复。我诚实地告诉你我的感情和意图。我不想让你担忧，而是想唤起你的理智和深情。倘若知道你要娶苏珊·弗农夫人，将会摧毁我生命中的一切安适。这将终结我至今认为我儿子拥有的得体的骄傲；我会羞于见到他，或听说他的情况，或是想着他。

也许我的这封信毫无作用，只能舒缓我本人的心情；但我感到有责任告诉你，你对苏珊夫人的爱慕对你的朋友绝非秘密，并警告你提防她。我会很乐意听到你不相信史密斯先生消息的理由，一个月前你对此确信无疑。

倘若你能向我保证除了短暂地享受和一个聪明女人的谈话之外你别无意图，你对她的仰慕只因她的美貌和才能，并未让你对她的缺点视而不见，你会让我重获幸福。但如果无法做到这一点，至少向我解释究竟是什么导致了你对她的看法如此巨大的变化。

你的

雷金纳德·德·库西

13. 德·库西夫人致弗农太太

帕克兰兹

我亲爱的凯瑟琳:

当你的上一封信到来时,我不幸被感冒困在屋里,因为眼睛深受影响而不能自己阅读,因而你父亲提出为我读信时我无法拒绝,所以令我极其恼火的是,他知道了你对你弟弟全部的担忧。我本打算自己给雷金纳德写信,一旦我眼睛的状况允许,我将尽我所能,指出对于他这般年纪并且肩负重望的年轻人,和苏珊夫人这种阴险狡诈的女人亲密交往的危险。我还打算提醒他我们现在很孤单,非常需要他在漫长的冬日夜晚帮我们振作精神。无论这能否带来任何好处,如今已不可能做到;但雷金纳德爵士竟然得知我们可以预料会令他非常不安的事情,这让我特别气恼。他读你来信的那一刻就领会了你所有的担忧,我也相信他一直都对此念念不忘。他用同班邮车给雷金纳德寄了他写的信,长长的信中满是这件事情,还特别要求解释,说明他从苏珊夫人那儿听到了什么,能够反驳最近那些令人震惊的消息。他的回复今天上午到达,我会随信寄给你,因为我想你会愿意看到。我希望这能更令人满意,但他写信时似乎执意对苏珊夫人怀有好感,因而他对结婚等事情的承诺,并未让我们感到放心。不过我尽力说出一切能让你父亲满意的话,他收到雷金纳德的信后当然少了些不安。

我亲爱的凯瑟琳，你这位不受欢迎的客人，竟然不但妨碍我们在圣诞节相聚，还带来了这么多忧虑和麻烦，实在令人恼火。替我亲吻亲爱的孩子们。你挚爱的母亲——

凯·德·库西

14. 德·库西先生致雷金纳德爵士

丘奇尔

我亲爱的先生：

我此时收到了您的来信，让我感到前所未有的震惊。我想我应该感谢我姐姐，以这样的话语说明我的情况，伤害了您对我的看法，并给了您这番惊吓。我不知道她为何选择担心这样的事情，让她自己和她的家人不安，同时我可以相信除了她本人，谁都不曾认为有可能。将这样的企图归咎于苏珊夫人，就是降低她自称的所有出色理解力，而她最恶毒的敌人都从未对此否认过；这也一定会同样降低我自认为拥有的常识，假如我对夫人的表现被怀疑为有结婚的想法。我们年龄的差异必然是不可逾越的障碍，因此我亲爱的先生，我请求您平复心情，不再有那番怀疑，这不仅伤害我们的相互理解，更会损伤您自己的安宁。

我依然和苏珊夫人待在一起没有别的想法，只为短暂享受（正如您本人的表达）和一位才智过人的女人的谈话。如果弗农太太能够想到我在拜访期间对她本人和她丈夫的爱意，她就能更加公正地看待我们所有人；但我姐姐不幸对苏珊夫人的偏见强烈得无可救药。出于对她丈夫的爱恋，而这本身让他俩都令人尊敬，她无法原谅试图阻止他们结合的努力，这被归结于苏珊夫人的自私。但在这件事上，以及在别的许多事情中，世人都严重地伤害了那位夫人，在她行为的动机令人生疑时猜测最坏的情形。

苏珊夫人听说了一些对我姐姐极其不利的消息，让她相信她一直十分喜爱的弗农先生的幸福，会因为这桩婚事被彻底摧毁。而这种情形不仅解释了苏珊夫人行为的真实动机，也消除了一直滥施于她的所有责备，或许也能让我们相信任何人的传言都可能多么不足为信，既然无论有多正直的人，都无法逃脱恶意的诋毁。倘若我安稳地待在家中的姐姐，既没机会也没意愿做出恶行，尚且不能免受指责，我们对那些混迹于世人中间并被诱惑包围的人，决不能轻率地谴责他们做了众所周知他们有能力犯的错误。

我深深责备自己如此轻易地相信了查尔斯·史密斯因为对苏珊夫人的偏见，编造出来的毁谤之词，因为我现在相信他们对她是多么恶语中伤。至于梅因沃林太太的嫉妒，那全都是他本人的捏造；他说她迷住了梅因沃林小姐的情人也没有更好的理由。詹姆士·马丁爵士在那位年轻小姐的诱惑下向她献了些殷勤，由于他财产丰厚，很容易看出**她**的想法延伸到了婚姻。众所周知梅小姐肯定在寻求丈夫，所以她因为另一个女人更大的魅力，失去了能让一个体面的男人彻底陷入痛苦的机会，得不到任何人的同情。苏珊夫人绝未打算做这样的征服，当她发现梅因沃林小姐多么强烈地厌恶她情人的背叛时，便不顾梅因沃林夫妇的热切请求，下定决心离开那个家庭。我有理由想象她的确得到了詹姆士爵士认真的求婚，但她刚发现他的爱慕时便立即离开了兰福德，必定能让任何有寻常坦率之心的人，在那件事情上原谅她。我亲爱的先生，我相信您能感觉到这番理论的真实性，从此学会公正评价一个深受伤害的女人的性格。

我知道苏珊夫人来到丘奇尔，只是出于最高尚最友好的意图。她的审慎和节俭无与伦比，她对弗农先生的尊重甚至能和**他的抛弃**相媲美；而她希望获得我姐姐的好感，理应得到比如今更好的回报。作为一个母亲她无可指摘。她对她孩子的明确爱恋，表现在她将孩子置于能给她体面教育的人手中；但因为她没有大多数母亲盲目又懦弱的爱恋，她被指责为缺乏母亲的温柔。然而每一个有理智的人都会知道该怎样珍惜和赞赏她目标明确的爱恋，能和我共同希望弗雷德里卡能比迄今为止的表现，更配得上她母亲的温柔照料。

我亲爱的父亲，我现在已经写下我对苏珊夫人的真实感受；从这封信中，您能看出我多么仰慕她的才华并敬重她的人品。但如果您不能同样相信我全心全意对您的郑重承诺，即您的担忧纯属无中生有，您会让我深感屈辱和忧伤。

> 您的
> 雷·德·库西

15. 弗农太太致德·库西夫人

丘奇尔

我亲爱的母亲：

我把雷金纳德的信返还给您，并为父亲因此而安心感到满心喜悦。请转告他，并表达我的祝贺。但我们私下说说，我必须承认这只是让**我**相信弟弟**目前**没有打算娶苏珊夫人——并非三个月后他毫无这样做的危险。他对她在兰福德的表现给出了貌似很合理的解释，我希望这可能是真的，但他的消息一定来自她本人，我不太愿意相信这些，而是更为他们之间的亲密程度感到难过，这从他们对这样一个话题的讨论就能看出。

我很遗憾让他不悦，但在他如此急切地为苏珊夫人辩护时，无法期待更好的情形。他的确对我十分苛责，然而我希望我对她的评价并不轻率。可怜的女人！虽然我有足够的理由讨厌她，我忍不住此时同情她，因为她的确很痛苦，而且有太多的理由。她今天上午收到她托付女儿的那位女士的来信，请她立即带走弗农小姐，因为发现她企图逃离。她为何出逃，或打算去哪儿，都不清楚；但由于她的境况似乎无可挑剔，这是一件伤心事，自然让苏珊夫人感到非常难过。

弗雷德里卡一定有十六岁了，应该有些理智，但从她母亲的暗示中，我担心她是个任性的女孩。然而，她不幸被很忽略，她的母亲应该记住这一点。

她刚决定该怎样做时弗农先生就出发前往伦敦。如果可能他将说服萨默斯小姐让弗雷德里卡继续和她待在一起；要是他不能成功，就目前先带她来丘奇尔，直到能给她找个别的去处。与此同时夫人正以和雷金纳德在灌木林漫步安慰自己，我想正在唤起他对这件伤心事的所有温柔情意。她已经为此对我说了很多，她说得非常好，我担心我不够慷慨，否则我应该说**太**好了，让我的感受如此深刻。但我不会挑剔她的错误。她也许将是雷金纳德的妻子！但愿不会如此！——可我为何要比其他任何人更加敏锐呢？弗农先生宣称他从未见过谁比她更难过，在收到这封信时——难道他的判断力不及我吗？

她很不情愿竟然允许弗雷德里卡来到丘奇尔，这足够公正，因为这似乎是对她行为的奖赏，而她理应得到截然不同的对待。但不可能带她去别的任何地方，她不会在这儿住得太久。

"因为你，我亲爱的妹妹，必须理智，"她说，"当我女儿在这儿时要严厉对待她，这完全有必要——这是极其痛苦的必要，但我会努力做到这一点。我担心我常常太过纵容，但我可怜的弗雷德里卡的脾气从来不能很好地忍受反对意见。你必须支持我并鼓励我——你一定要劝我必须责备，如果你看见我过于宽容。"

所有这些听起来很合情合理。雷金纳德对这个可怜的傻女孩火冒三丈！他如此痛恨她的女儿当然不是对苏珊夫人的赞赏；他对她的想法一定都源于这位母亲的描述。

好了，无论他会有怎样的命运，我们都能欣慰地得知我们已尽了最大努力去拯救他。我们必须把这件事交给更强大的力量。

您永远的

凯瑟琳·弗农

16. 苏珊夫人致约翰逊太太

丘奇尔

我最亲爱的艾丽西娅，今天上午来自萨默斯小姐的一封信，让我此生从未这样恼火过。我那个讨厌的女孩竟然试图逃跑——我以前没想到她是这样一个小恶魔；她似乎有着弗农家族全部的温顺；但刚接到我宣称了对詹姆士爵士打算的那封信后，她居然试图私自出逃；至少，我无法从别的方面解释她的行为。我猜她打算去找斯塔福德郡的克拉克一家，因为她没有别的熟人。但她**会**受惩罚，她**会**嫁给他。我已经打发查尔斯去城里，尽量把事情解决好，因为我无论如何不想让她来到这儿。如果萨默斯小姐不肯收留她，你必须为我另找一所学校，除非我们能让她立即结婚。萨小姐在信中写道，她无法让这位年轻小姐对她的出格行为给出任何理由，这就证明了我本人之前的解释。

我想弗雷德里卡太过羞涩，也太害怕我，不敢说出实情；但假如她温和的叔叔**竟能**问出什么，我也不怕。我相信我能把我的故事说得和她一样好。如果我对哪个方面感到自负，那就是我的口才。对语言的驾驭必会引发思考和尊重，正如美貌必然带来仰慕。在这儿我有足够的机会锻炼我的才华，因为我的时间主要用于交谈。雷金纳德不能和我单独相处就不会安心，当天气不错时，我们会一起在灌木林散步好几个小时。我总的来说很喜欢他，他很聪颖，有许多话要说，但他有时无礼又麻烦。他有一种可笑的细致，要求我就他听见的对我不利的消息给出最详尽的解释，在他确认弄清了每一件事情的始末缘由前，从来不会感到满意。

这是**一种爱**——但我承认这并不令我特别喜欢。我极其喜爱梅因沃林温柔慷慨的性格，他对我的美德深信不疑，相信我做的一切必然正确；会对那颗刨根问底、充满怀疑、始终在斟酌其感情合理性的心，投去一些不屑的神情。梅因沃林的确远比雷金纳德好得多——除了和我在一起的能力上，在每个方面都出色得多。可怜的家伙！他因为嫉妒而心烦意乱，我对此不感到遗憾，因为我知道没有对爱情更好的支撑。他一直在逗弄我，让我允许他来这个村子，让他在此处附近的某个地方**隐姓埋名**居住下来——但我禁止任何这类行为。那些忘了应有的做法和世人评价的女人不可原谅。

苏·弗农

17. 弗农太太致德·库西夫人

丘奇尔

我亲爱的母亲：

  弗农先生星期四夜晚返回，带来了他的侄女。苏珊夫人已从那天的邮车收到了短信，告诉她萨默斯小姐彻底拒绝让弗农小姐继续待在她的学校。因此我们准备着她的到来，整个晚上都等得急不可耐。他们在我们喝茶时到了，我从未见过哪个人像弗雷德里卡进门时那样惊恐。苏珊夫人先前流了些眼泪，想到要见面显得非常焦虑不安，却极其平静地接待了她，没有流露出丝毫柔情。她几乎不和她说话，弗雷德里卡在我们刚一起坐下时痛哭流涕，她立即将她带出屋子，有一段时间没有返回；在她真的回来后，她的眼睛通红，和之前一样焦虑不安。我们再也没见到她的女儿。

  可怜的雷金纳德为他的漂亮朋友陷入这样的痛苦而无比担忧，极其温柔关切地望着她，所以我偶尔瞥见她得意洋洋地观察着他的表情时，会感到忍无可忍。这副可怜的表现持续了一整个晚上，如此装腔作势、充满狡诈的表演让我完全相信她其实无动于衷。

  自从我见到她女儿后我对她更加愤怒。可怜的女孩看上去那么不快乐，让我的心都为她感到疼痛。苏珊夫人肯定太过严厉，因为弗雷德里卡看似没有那种需要严厉对待的脾气。她的样子非常温和、沮丧、愧疚。

她很漂亮，尽管没有她母亲漂亮，也完全不像她。她皮肤细腻，但既没有苏珊夫人那么白皙，也不如她那么光彩照人——她的神情很像弗农家的人，有着椭圆的脸蛋和温柔的黑眼睛。当她和我或是她叔叔说话时神情特别甜美，因为我们对她很和蔼，我们当然得到了她的感激。她母亲曾经暗示她的脾气很难对付，但我从未见过比她的脸蛋更看不出丝毫坏脾气的脸。从我能看到的她们彼此间的表现上，苏珊夫人始终不变的严厉，和弗雷德里卡沉默的忧伤，让我相信了我在此之前的看法：前者对她女儿完全没有真正的爱意，从未公正对待她，也从不疼爱她。

我还没能和我的侄女有过任何交谈。她很羞涩，我想我能看出夫人费了些心思不让她的女儿和我在一起。我完全得不到她为何逃走的满意解释。你能相信她好心的叔叔太担心会让她难过，一路上没做什么问询。我希望我能替他接她回家，我想我当然能在三十英里的旅途中弄清事实。

这几天在苏珊夫人的请求下，小钢琴被搬到她的更衣室，弗雷德里卡一天中的大部分时间都待在那儿。说是**练习**，但我路过那儿时难得听见任何声音。我不知道她在那儿做什么。有许多书，但并非在生命的前十五年里恣意妄为的每个孩子都能够或愿意读书。可怜的人儿！她窗前的景致也不太有益，因为你知道那个房间朝向草坪，一边是灌木林，她能看见她母亲在那儿走上一整个小时，和雷金纳德热切交谈。弗雷德里卡这个年纪的女孩要是没被这样的情景触动，她一定真是孩子气。给女儿做出这样的榜样难道不是无可原谅吗？然而雷金纳德依然认为苏珊夫人是最好的母亲——依然责备弗雷德里卡是个坏女孩！他深信她试图逃跑，完全没有正当的理由，也没受任何刺激。我肯定不能说有，然而萨默斯小姐宣称，弗农小姐待在威格莫尔街的整个阶段都没有表现出固执或乖僻，直到察觉她的密谋，让我无法轻易认同苏珊夫人已经使他相信，也想让我相信的情况，说这仅仅是对束缚的厌倦，因为想要逃避老师们的学费，才让她想出了逃离的计划。哦！雷金纳德，你的判断力受到了怎样的控制！他甚至不敢承认她漂亮，当我说她漂亮时，他只答道她的眼睛没有神采。

有时他肯定她欠缺理解力，在别的时候相信只因为她的坏脾气。简而言之当一个人始终在欺骗时，不可能保持一致。苏珊夫人发现要为自己辩解，必须说明弗雷德里卡应受责备，也许有时认为最好原谅她的坏脾气，有时为她缺乏理智而叹息。雷金纳德只在重复夫人说过的话。

您的女儿
凯瑟琳·弗农

18. 写信收信者同上

丘奇尔

我亲爱的母亲：

我很高兴地发现我对弗雷德里卡·弗农的描述引起了您的兴趣，因为我相信她的确值得您看重。在我告诉您最近令我印象深刻的事情后，我相信您对她的好感更会加深。我忍不住想象着她对我弟弟愈发喜爱，我经常看见她的目光停留在他脸上，满脸默默仰慕的神情！他当然十分英俊——更重要的是——他态度中的一种开朗必然使他很有魅力，我相信她有这样的感觉。虽然通常深沉忧伤，但当雷金纳德说出任何好笑的话时她的脸上总会绽放笑容；要是他在滔滔不绝地说着一个很严肃的话题，如果她会漏了一个字，我就大错特错了。

我想让**他**知道所有这些，因为我们知道对他这样的一颗心，感激的力量有多么大；要是弗雷德里卡的纯真感情能让他离开她的母亲，我们也许能祝福把她带到丘奇尔的那一天。我亲爱的母亲，我想您不会反对有她这样一个女儿。她当然非常年轻；得到了糟糕的教育，还有她母亲这个轻浮的坏榜样；但我能说她性情极好，她天生的能力非常出众。

虽然完全没有才华，但她绝非人们想象的那样无知，因为她酷爱读书，大部分时间都用于阅读。她母亲比**之前**更多把她独自留下，我尽量让她和我在一起，并想方设法克服她的羞怯。我们是很好的朋友，虽然她在她母亲面前从不开口，但和我独处时她说了许多话，足以表明假如得到苏珊夫人的正确对待，她会始终表现得出色很多。在她未受束缚时，谁都不可能比她更温柔更真挚，或更乐于助人。她的堂弟妹们全都非常喜欢她。

您挚爱的女儿
凯·弗农

19. 苏珊夫人致约翰逊太太

我知道你急于听见弗雷德里卡更多的消息，也许认为我没早点给你写信是个疏忽。她两周前和她叔叔一起到来，我当然立即要求得到她行为的解释，很快发现我之前归结于我自己的那封信完全正确。信的意图令她极度惊恐，因此她凭着真正孩子气的固执和愚蠢，没想到她不可能通过逃离威格莫尔街摆脱我的控制，便决定离开那座房子，直接沿着台阶走到她的朋友克拉克家，的确已经走了两条街的路程，这时她幸运地被想起、追逐、赶上。

这就是弗雷德里卡·弗农小姐第一次出色的探险。如果我们考虑到这是在十六岁稚嫩年纪的成就，我们就可能为她未来的名声做出最美妙的预言。我对那些关于礼节的长篇大论极其恼火，这让萨默斯小姐不愿留下这个女孩。这样的谨小慎微看似异乎寻常，考虑到我女儿的家庭关系，我只能认为这位女士只是害怕永远拿不到她的钱。但无论如何，弗雷德里卡又回到我的手中，因为无事可做，在忙着追求始于兰福德的浪漫计划。她真的爱上了雷金纳德·德·库西。她以拒绝一门无可挑剔的求婚来违抗她母亲还不够；她还必须在得不到母亲的许可时付出她的爱。我从未见过在她这个年纪的女孩，比她更有可能被世人嘲笑。她的感情颇为强烈，表现得天真无邪、讨人喜爱，让人很有理由相信每个见到她的人都会觉得她荒唐可笑，对她充满鄙夷。

天真无邪对感情的事向来无用，那个女孩天生就是个傻瓜，无论出于天性或是假装。我尚不确定雷金纳德看出了她的想法；也没带来多少结果；她此时对他而言无关紧要，要是他明白了她的感情，会对她充满鄙夷。她的美貌很受弗农一家赞赏，但对**他**毫无作用。她总的来说深受她婶婶的喜爱——当然因为她完全不像我。她正适合陪弗农太太做伴，因为她特别喜爱占先，在谈话中独享所有的理智和所有的风趣；弗雷德里卡永远不会抢她的风头。在她刚来时，我想方设法地不让她过多见到她婶婶，但我已经放松下来，因为我相信我能指望她遵守我为她们的交谈制定的规则。

但别以为在所有这些宽容之下，我一时放弃了让她结婚的计划。不，我对这一点坚定不移，尽管我还没完全明确该怎样做到。我不能选择在此处进行这件事，在弗农夫妇聪明头脑的打探之下；我也不能在这时去城里。因而弗雷德里卡小姐必须稍等些时日。

你永远的
苏·弗农

20. 弗农太太致德·库西夫人

丘奇尔

我们此时有了一位不速之客，我亲爱的母亲。他昨天到的。我听见门前的马车声，当时我正坐在育儿室陪伴吃饭的孩子们。想到可能需要我，我很快离开，刚走下一半楼梯，这时面如死灰的弗雷德里卡跑上来，从我身边飞奔至她自己的房间。我立即跟随，问她出了什么事。"哦！"她叫道，"他来了，詹姆士爵士来了——我该怎么办？"完全没有解释；我请求她告诉我她是什么意思。在那时我们被一阵敲门声打断，是雷金纳德，他按照苏珊夫人的指示叫弗雷德里卡下去。"是德·库西先生！"她说着，脸涨得通红，"妈妈叫我去，我必须去。"

我们三人一起下楼，我看见弟弟惊讶地审视着弗雷德里卡惊恐的脸。在早餐厅我们发现苏珊夫人和一个绅士模样的年轻人在一起，她介绍他是詹姆士·马丁爵士，您也许记得，正是据说她曾费尽心思把他和梅因沃林小姐拆散的那个人。但这个征服似乎不为她自己打算，或者她从此将它转给了她的女儿，因为詹姆士爵士现在疯狂地爱上了弗雷德里卡，在她妈妈的充分鼓励下。然而我相信这个可怜的女孩不喜欢他；虽然他相貌堂堂、谈吐文雅，他在我和弗农先生看来是个非常虚弱的年轻人。

弗雷德里卡在我们进屋时，看上去非常羞涩也极其困惑，让我对她特别同情。苏珊夫人对她的客人殷勤备至，但我想我能看出她并不特别乐意见到他。詹姆士爵士说了许多话，为他擅自来到丘奇尔编了很多客气的借口，时常夹杂着大笑，和他的话题毫无关联。他反复说着许多事情，把他前几天晚上见到约翰逊太太的事对苏珊夫人说了三遍。他不时对弗雷德里卡说话，但更多是和她母亲说。可怜的女儿全程坐在那儿一言未发。她双目低垂，脸色不停变化，与此同时雷金纳德观察着发生的一切，始终沉默不语。

最后，我相信苏珊夫人是厌倦了这样的情形，便提出散步。我们把两位先生留在一起，去穿我们的皮上衣。

当我们上楼时，苏珊夫人请求允许她陪我在我的更衣室待几分钟，因为她急着和我私下说些话。于是我带她去了那儿，门刚关上她就说道："我此生没遇见过比詹姆士爵士的来访更令我惊讶的事情。因为他的突然到来，需要对**你**，我亲爱的妹妹表示歉意，尽管对于作为母亲的**我**，这是极大的恭维。他对我女儿爱得发疯，见不到她就会活不下去。詹姆士爵士是个性情和蔼的年轻人，人品极好；也许有些太过**唠叨**，但一两年的时间能纠正**那一点**，而他在别的方面都对弗雷德里卡极其合适，所以我总是非常愉快地观察着他的爱恋，相信你和我弟弟会衷心赞许这门亲事。我之前从未向任何人提起这件事的可能性，因为我想当弗雷德里卡还在学校时，此事最好别让人知晓；不过现在，因为我相信弗雷德里卡年龄太大无法继续困在学校里，所以开始想到她与詹姆士爵士的结合不会太遥远，本来打算几天后告诉你本人和弗农先生整件事情。我相信，我亲爱的妹妹，你会原谅我沉默太久，并且同意当他们依然出于某些原因悬而未决时，这种情形怎么小心隐瞒都不为过。等你几年后能幸福地把你可爱的小凯瑟琳托付给某个男人，而他的关系和人品也同样无懈可击，你会明白我现在的感受；虽然感谢上帝！你不会有我为这样一件事如此喜悦的全部原因。凯瑟琳会有丰厚的财产，不像我的弗雷德里卡，需要有幸获得一份家产才能过上舒适的生活。"

她以要求我的祝贺作为结束。我相信我给得有些尴尬；因为事实上，她突然透露如此重要的一件事情，让我失去了清晰说话的能力。不过她非常诚挚地感谢我好意关心她本人和她女儿的幸福，接着说道：

"我不善于表达想法，我亲爱的弗农太太，我也从未拥有言不由衷的便捷才华；因此我认为，当我宣称虽然我在认识你之前就听说了对你的许多赞美之辞，但我从未想过我会像现在这么爱你时，你会相信我的话。我必须进一步说道，你对我的友情能让我更加满意，是因为我有理由相信有人试图让你对我产生偏见。我只希望他们——无论他们是谁——我该感谢谁的这番好意，能够看见我们如今在一起的关系，懂得我们彼此真正的爱意！但我不会再耽搁你。上帝保佑你，因为你对我以及对我女儿的好意，让你所有的幸福都能延续。"

对这样一个女人还能说什么呢，我亲爱的母亲？——如此热切，如此郑重其事的表情！然而我忍不住怀疑她说的每一句话的真实性。

至于雷金纳德，我相信他不知道该怎样理解这件事。当詹姆士爵士到来时，他看似非常吃惊，不知所措。这个年轻人的愚蠢和弗雷德里卡的困惑，吸引了他全部的注意力。尽管和苏珊夫人短暂的私下交流起了些作用，我相信他依然受了伤害，因为她竟然允许这样一个男人向她的女儿献殷勤。

詹姆士爵士镇定自若地发出自我邀请，要在这儿住几天。他希望我们不要觉得这很奇怪，也知道这样很无礼，但他是作为亲戚而贸然行事的，并以一阵大笑结束了话语，说他也许很快能成为一个真正的亲戚。即使苏珊夫人似乎也为这样的鲁莽感到有些不安——我相信在她心里，她由衷地希望他离开。

但必须为这个可怜的女孩做些什么，如果她的感情是我和她叔叔相信的那样。决不能让她成为诡计或野心的牺牲品，绝不该任由她为此担惊受怕。这个女孩，她能在心里辨别出雷金纳德·德·库西的与众不同，无论他会怎样轻视她，也值得比成为詹姆士·马丁爵士的妻子更好的命运。我一旦能和她独处，我就会查明真相，但她似乎想要躲避我。我希望这并非源于任何错误，别让我发现我把她想得太好了。她对詹姆士爵士的表现当然说明了极度的羞涩和尴尬，但我完全没看出鼓励。

再见我亲爱的母亲。

您的

凯·弗农

21. 弗农小姐致德·库西先生

先生：

　　我希望您能原谅我的冒昧，我因为痛苦至极不得已而为之，否则我会为麻烦您感到羞愧。我对詹姆士·马丁爵士感到极其难过，在这个世界上除了给您写信没有别的办法帮助我自己，因为我甚至被禁止和我的叔叔婶婶说起这个话题。既然如此，我担心我向您求助看起来不过像是含糊其词，仿佛我只关注了妈妈命令的字面意思而非其精神。但如果**您**不站在我这边，劝她放弃这门亲事，我就要疯了，因为我无法忍受他。除了**您**，任何人都没有机会劝说她。因此倘若您愿怀着无与伦比的好意，在她面前帮我说话，劝她打发詹姆士爵士离开，我对您的感激之情将无以言表。我从最初就始终不喜欢他，我向您保证这并非突然的幻想。我一直认为他愚蠢无礼、令人厌恶，现在他变得比任何时候更加糟糕。我宁愿自己谋生也不愿嫁给他。我不知该怎样为这封信向您道歉，我知道这太过冒昧。我知道这会让妈妈愤怒至极，但我必须冒险。先生，我是您最谦卑的仆人——

弗·苏·弗

22. 苏珊夫人致约翰逊太太

丘奇尔

这无法忍受！我最亲爱的朋友，我以前从未如此愤怒过，必须给你写信发泄情绪，我知道你会同情我所有的感受。除了詹姆士·马丁爵士，谁会在星期二过来呢？想想我有多吃惊，多恼火——因为你很清楚，我从不希望他出现在丘奇尔。真遗憾你竟然不知道他的意图！他不满足于过来，事实上还自作主张地在这儿住了几天。我真想毒死他；但我还是尽最大努力，非常成功地对弗农太太讲述了我的故事。无论她有怎样的真实想法，她却没有反驳我。我坚持让弗雷德里卡对詹姆士爵士礼貌相待，让她明白我完全下定决心让她嫁给他。她说了些她的痛苦之类的话，但仅此而已。我特别决定了这门亲事已经有一段时间，因为看到她对雷金纳德迅速升温的爱恋，也并不确信**那份**感情最终不会激起回报。只基于同情的爱意，一定会让他们在我眼中令人鄙夷，但我并不确定这会不会有结果。雷金纳德的确对我丝毫没变冷淡，不过他最近总是主动且毫无必要地提起弗雷德里卡，还有一次说了些夸赞她相貌的话。

他对我客人的出现无比吃惊。起初他认真观察着詹姆士爵士，我很高兴地看出这并非没有夹杂嫉妒。但不幸的是我无法真正折磨他，因为詹姆士爵士虽然对我殷勤备至，但很快就让所有人明白他的心献给了我女儿。

当我和德·库西独处时，我没费多少麻烦就说服他，考虑到一切因素，我想要这门亲事完全合情合理，而且整件事似乎安排得非常妥当。他们全都会发现詹姆士爵士绝非所罗门①，但我已明确禁止弗雷德里卡向查尔斯·弗农和他妻子抱怨，因此他们没有干涉的借口，尽管我相信我无礼的姐娌只缺这样做的机会。

不过一切都进展得十分平静；尽管我在数着詹姆士爵士待在这儿的时间，我依然对事情的状态感到非常满意。那么猜猜当我所有的计划都突然被打乱时，我一定有怎样的感受；而且那是来自我最没理由期待的一个人。雷金纳德今天上午进入我的更衣室，神情异常严肃，在一阵开场白后便长篇大论地告诉我，他想就允许詹姆士·马丁爵士向我女儿求婚，违背**她的**意愿，这种做法的错误与无情同我理论。我非常诧异。当我发现他不会在我的嘲笑下放弃他的打算时，我冷静地请求得到解释，请求知道究竟出于什么原因，他受谁的委派来斥责我。随后他告诉我了，话语中夹杂了几句无礼的夸赞以及不合时宜的温柔话语，我听得无动于衷。我女儿告诉了他关于她本人、詹姆士爵士和我的一些情况，让他深感不安。

简而言之，我发现首先她的确给他写了信，请求他的干涉。他在收到她的信后，已经和她谈论了这个话题，为能了解具体情形，同时弄清她的真实意愿！

我毫不怀疑这个女孩借此机会向他表明了爱意；我相信如此，从他说起她的态度就能看出。但愿这样的爱能带给他许多好

---

① 古以色列联合王国的第三任君主，是地位、财富和奢侈的象征。

处！我会永远鄙视能为激情感到满意的这个男人，他从未想要激发，也从未期待得到承诺。我将永远厌恶他们两个人。他不可能真正看重我，否则他不会听她的话；而她，凭借她那颗叛逆的小心脏和不得体的感情，竟然将自己投送于之前几乎没说过两句话的年轻男人的保护之下。我对**她的**放肆和他的**轻信**同样感到惊讶。他怎敢相信她告诉他的对我不利的话！难道他不该相信我一定对我做的所有事情都有着毋庸置疑的动机吗！那时他对我理智和善良的信任去哪儿了？真爱一定会让他对毁谤我的人感到的愤恨又在哪儿？而且那人还是个毛丫头，一个孩子，既没有天分又缺乏教育，他一直被告诫要鄙视她。

我冷静了一段时间；但最终克服了忍耐的极限，我希望我后来足够尖刻。他努力着，久久地努力缓和我的怨恨，但一个女人若在被指责冒犯之时，能为赞美而动心，那她就是个傻瓜。最后他离开了我，和我本人一样极其恼火，他表现了**更多的**愤怒。我很冷静，但他表现出最强烈的愤慨。因此我也许能期待这会很快平息；也许他的怒火可以永远消失，而我的将会新鲜如故，无法平息。

他此时关在自己的房间里，我听见他离开我的房间后去了那儿。不难想象，他的思索一定是多么不愉快！但有些人的感情无法理解。我还没能让自己平静得足以去见弗雷德里卡。**她**不会很快忘记今天发生的事情。她会发现她倾诉的温柔爱意无济于事，会让她永远被所有的世人鄙夷，而她受伤的母亲怨恨最深。

你挚爱的
苏·弗农

23. 弗农太太致德·库西夫人

丘奇尔

让我祝贺您，我亲爱的母亲。令我们担惊受怕的那件事将会有个愉快的结局。我们的前景非常可喜。既然事情如今有了这么有利的转机，我很遗憾曾经向您透露我的担忧；因为得知危险结束的快乐，也许是以您之前承受的痛苦为高昂代价而换得的。

我高兴得激动不安，几乎连笔都拿不稳，但我还是决定让詹姆斯给您送来一封短信，让您为必然会让您大吃一惊的消息得到些解释，即雷金纳德就要回到帕克兰兹了。

半小时前我正和詹姆士爵士坐在早餐厅，这时弟弟把我叫出了屋子。我立即看出有事发生；他脸涨得通红，说话时激动不已。我亲爱的母亲，您知道他心里有事的时候，那种急切的样子。

"凯瑟琳，"他说，"我今天就要回家。离开你我很难过，但我必须走。我已经很久没见到父亲母亲。我准备马上派詹姆斯骑着我的猎马返回，因此如果你有任何信件他可以带去。我本人星期三或星期四前不会在家，因为我要去伦敦，在那儿办些事情。但在我离开你之前，"他压低了声音，更加激动，又说道，"我必须警告你一件事。别让弗雷德里卡·弗农被那个马丁弄得不高兴。他想娶她——她母亲在促成这门亲事——但**她**无法忍受这个想法。请相信我完全认为我说的话都是事实。我**知道**弗雷德里卡对詹姆士爵士继续待在这儿感到非常痛苦。她是个甜美的女孩，理应得到更好的命运。让他马上离开。**他**只是个傻子——但她母亲能有什么意思，只有天知道！再见，"他热切地握着我的手又说道，"我不知你何时能再见到我。但记住我告诉你的关于弗雷德里卡的事；你**必须**尽力看着她得到公正对待。她是个可爱的女孩，有一颗值得赞赏的出色心灵。"

随后他离开我并跑上楼。我不想试着阻止他，因为我知道他一定有着怎样的感受；我听他说话时自己的感受，我无须尝试描述。有一两分钟我立在原地，惊奇不已——的确是最令人愉悦的那种惊奇，但需要一些思考才能感到平静的快乐。

在我回到客厅大约十分钟后，苏珊夫人进来了。我当然认定她和雷金纳德发生了争吵，便怀着强烈的好奇心想从她脸上证实我的想法。然而善于欺骗的她显得满不在乎，短暂地聊了一些无关紧要的话题后，她对我说："我从威尔逊那儿得知我们即将失去德·库西先生。他今天上午要离开丘奇尔是真的吗？"我回答是的。"他昨晚完全没告诉我们，"她大笑着说道，"甚至今天早餐时也没有。但也许那时他自己也不知道。年轻人常常匆忙作出决定——决定得突然，也不见得能做到。如果他最终改变主意不走了，我不会感到惊讶。"

她很快离开了屋子。不过我亲爱的母亲，我相信我们没理由担心他会改变目前的计划；事情已经过于离谱。他们一定有过争吵，而且是关于弗雷德里卡。她的冷静令我吃惊。您再次见到他该有多高兴啊，看到他依然值得您看重，依然能给您带来幸福！

等我写下一封信时，我将能告诉您詹姆士爵士已经离开，苏珊夫人已被挫败，而弗雷德里卡得到了安宁。我们有许多事要做，但一定会做到。我迫不及待地想得知这个令人惊诧的改变是怎样得来的。结束这封信时，我要给您和开始时同样的热烈祝贺。

您永远的
凯瑟琳·弗农

24. 写信收信人同上

当我发出上一封信时，我亲爱的母亲，我万万没想到我当时愉悦激动的心情，竟会这么快出现如此令人悲哀的逆转！对于给您写信这件事，我后悔至极。然而谁能预测发生的事情呢？我亲爱的母亲，两个小时前让我喜不自胜的每一个希望，全都消失。苏珊夫人和雷金纳德争吵之后已经和好，我们全都回到了从前的状态。只有一个收获：詹姆士·马丁爵士被打发走了。我们现在还能期待什么？我真的非常失望。雷金纳德就要走了，吩咐了马匹，几乎被牵到门口！谁能不感到安心？

有半个小时我时刻期待着他的离开。在我把信发给您后，我去弗农先生那儿和他一起待在他的房间里，谈论着整件事情。接着我决定去找弗雷德里卡，自从早餐后我还没见到她。我在楼梯上和她相遇，看见她在哭。

"我亲爱的婶婶，"她说，"他要走了，德·库西先生要走了，这全都是我的错。我担心你会非常生气，但我真不知道会是这样的结局。"

"我的宝贝，"我答道，"别以为需要为那件事向我道歉。我会觉得自己应该感谢任何一个能让我弟弟回家的人；因为（我镇定下来）我知道我父亲非常想见他。但你做了什么导致了所有这一切呢?"

她回答时脸色绯红:"我对詹姆士爵士的事情非常难过,因此忍不住——我知道我做了极其错误的事情——但你不知道我承受的痛苦,而且妈妈让我绝不能对你和我叔叔说起此事——于是——""于是你告诉了我弟弟,让**他**进行干涉。"我免去她的解释,说道。"不——但我给他写了信。我的确写了。我今天早晨天不亮就起床——写了两个小时——信写完后,我以为我永远没勇气送出去。不过早餐后,当我回房间时我在走廊遇见了他,当时我知道一切都取决于那一刻,我就强迫自己把信给他。他好心地立即接住,我不敢看他——立刻跑走了。我惊恐得几乎无法呼吸。我亲爱的姊姊,你不知道我有多痛苦。"

"弗雷德里卡,"我说,"你应该告诉**我**你所有的痛苦。你会发现我是个随时准备帮助你的朋友。你认为我和你叔叔不能像我弟弟那样热切支持你吗?"

"说实话,我不怀疑你的好意,"她说着脸又红了,"但我以为德·库西先生能让我母亲做任何事,可我错了。他们为此大吵一架,然后他要走了。妈妈永远不会原谅我,我的处境将比任何时候更加糟糕。""不,你不会的,"我答道,"在这样一个问题上,你母亲的禁令不该阻止你对我说起这个话题。她无权让你痛苦,她也**不该**这样做。不过你向雷金纳德求助只会对所有人都有好处。我相信这是最好的结果。请相信你不会再陷入痛苦。"

就在那时,看见雷金纳德从苏珊夫人的更衣室出来,我是多么吃惊。我立即感到担忧。他看见我显然感到困惑。弗雷德里卡马上消失了。"你要走了吗?"我说,"你会在弗农先生本人的房间找到他。""不，凯瑟琳，"他答道，"我不走了。你能让我和你说会儿话吗?"

我们进了我的房间。"我发现，"他接着说道，说话时越发困惑，"我的做法和平时一样愚蠢鲁莽。我完全误解了苏珊夫人，因为对她行为的错误看法，差点离开了这座房子。有一些严重的错误——我想我们全都错了。弗雷德里卡不理解她的母亲——苏珊夫人只是为她好——但她不愿视母亲为朋友。因此苏珊夫人并不总是知道什么能让她女儿快乐。而且我本来没权利干涉——弗农小姐向我求助是个错误。简而言之，凯瑟琳，一切都弄错了——但现在一切都愉快地解决了。我相信苏珊夫人想和你谈谈这件事，如果你有时间的话。"

"当然。"我答道，为他重复如此蹩脚的故事而深深叹息。然而我未加评论，因为话语毫无作用。雷金纳德很高兴地离开，我去了苏珊夫人那儿，的确很好奇她会怎样讲述这件事。

"难道我没对你说过，"她微笑着说，"你弟弟最终不会离开我们吗?""你的确说了，"我很严肃地答道，"但我当时自认为你错了。""我本来不会贸然提出这样的想法，"她答道，"要不是在那一刻我忽然想到，他要走的决心也许由我们那天上午的一场谈话引起，因为我们没有正确理解彼此的意思，结束时他感到极不满意。我当时想到了这一点，便立即决定一场偶然的争吵，而我也许和他本人一样应受责备，不该夺走你的弟弟。如果你能记得，我几乎马上离开了房间。我决心不失时机地尽量澄清那些错误。情况是这样的。弗雷德里卡强烈反对嫁给詹姆士爵士。""夫人会奇怪她竟然这样做吗?"我有些激动地叫道，"弗雷德里卡极有理智，而詹姆士爵士毫无理智。""我至少并不为此感到遗憾，我亲爱的妹妹，"她说，"相反，我为这证明了我女儿很有理智而心怀感激。詹姆士爵士当然不及她——（他孩子气的举止让他显得更糟）——假如弗雷德里卡拥有这样的洞察力，这种能力，而我本来就希望我的女儿能够拥有；甚至我若能知道她像这样拥有这些能力，我本来不会急于促成这桩婚事。""真奇怪只有你一人对你女儿的理智一无所知。""弗雷德里卡从来不能好好表现自己，她的举止羞涩又孩子气。而且她又害怕我，她几乎不爱我。在她可怜的父亲活着时她是个被宠坏的孩子；而我此后必须给她的严厉对待疏离了她的感情；她也从不具备那些出色的才智，那种天分，那些无所畏惧的活跃思想。""倒不如说她在教育上很不幸。""我最亲爱的弗农太太，上帝知道我对**那点**多么清楚；但我宁愿忘记可能让我在回忆某人时感到责备的每一个情形，他的名字对我很神圣。"

此时她假装哭泣。我对她失去了耐心。"可是，"我说，"夫人要告诉我和我弟弟的什么争执？""这源于我女儿的一个行为，也同样表明她缺乏理智，以及我刚刚提到的我不幸的忧惧。她给德·库西先生写了信。""我知道她写了。你禁止她对我或弗农先生说她为何痛苦，因此除了向我弟弟求助她还能做什么？""天哪！"她惊叫道，"你一定对我有着怎样的看法！难道你以为我知道她的痛苦吗？以为我故意让我自己的孩子痛苦，以为我禁止她和你说这件事，是担心你破坏这个邪恶的计划吗？你以为我没有一丝正直，一点自然的感情吗？我能把**她**置于永久的痛苦，而我在尘世间最大的责任是提升她的幸福吗？这个想法非常可怕。"

"那么你坚持让她沉默出于什么打算？""我亲爱的妹妹，无论事情会怎样，向你求助有什么用呢？我为何要让你为一件我自己都不肯关心的事情提出请求？无论为你，为她或是为我好，这样的事情都不可取。当我自己下定了决心，我不能也不愿被另一个人干涉，无论多么好意。我的确错了，可我当时相信自己是对的。""但夫人一直暗示的这个错误是什么？为何会出现对你女儿的感情如此令人震惊的误解？你不知道她不喜欢詹姆士爵士吗？""我知道他并不完全如她所愿。但我相信她对他的反对并非源于对他缺点的任何感知。不过我亲爱的妹妹，绝不要就这件事对我询问得过于细致，"她深情地拉着我的手，又说道，"我老实承认需要隐瞒一些事情。弗雷德里卡让我很不开心。她向德·库西先生求助让我特别受伤害。""你想以这种故作神秘暗示什么？"我说，"假如你认为你女儿喜欢雷金纳德，她反对詹姆士爵士并不因此而不值得关注，相比她以意识到他的愚蠢作为反对的理由。无论如何夫人为何要为这种干涉和我弟弟争吵？你一定知道在他得到这样的请求时，他的天性不允许他拒绝。"

"你知道他生性热情。当他来和我理论时，他对这个受了虐待的女孩无比同情，这个痛苦的女主角！我们彼此误会了。他相信我应受更多的责备；我认为他的干涉比我现在看来更不可原谅。我一直非常看重他，面对我当时认为极其不合情理的责备感到无比屈辱。我们两人都很激动，当然双方都应受责备。他要离开丘奇尔的决心符合他通常的热切；但当我明白了他的打算，与此同时开始思考我们也许都弄错了对方的意思，我就决定在不可挽回之前做出解释。对你家庭的任何成员我必然始终怀有一些感情，我承认这真的会带给我伤害，假如我和德·库西先生的相识以如此糟糕的情形结束。现在我只想进一步说，因为我相信弗雷德里卡对詹姆士爵士有着合理的厌恶之情，我会立即告诉他必须放弃对她的全部希望。我为那件事让她痛苦而责备自己，虽然我曾经毫无恶意。她将得到我力所能及的所有补偿。如果她和我一样珍视她自己的幸福，如果她能明智判断，并做到应有的自我克制，她也许现在能感到安心。我最亲爱的妹妹，原谅我这样占用你的时间，但我认为这是由于我本人的性格。在这番解释后我相信我绝无被你轻视的危险。"

我本来可以说"的确没有太多！"但我几乎一言不发地离开了她。这是我能做到的最大忍耐。假如我开口，我会停不下来。她的保证，她的欺骗——可我不愿任由自己细细讲述。这会让您非常震惊。我从内心感到厌恶。

刚勉强镇定下来我就回到了客厅。詹姆士爵士的马车在门前，他像往常一样开心，很快就离开了。夫人要鼓励或打发一个情人，真是轻而易举！

尽管有了这番解脱，弗雷德里卡依然显得不快乐，也许依然害怕她母亲的愤怒；虽然担心她弟弟的离开，或许又嫉妒他的留下。我看到她多么细致地观察着他和苏珊夫人。可怜的女孩，我现在对她毫无希望。她的感情完全没希望得到回报。他对她的看法比起曾经大不相同，他对她有些公正对待，但他与她母亲的和好排除了每一个更深情的期待。

我亲爱的母亲，做最坏的打算。他们结婚的可能性当然增加了。他比任何时候更明确地属于她。当那件伤心事发生时，弗雷德里卡必须完全属于我们。

　　我很庆幸我的上封信只比这封早了一点，因为您免于感受的每一刻喜悦，最终只能带来失望。

您永远的

凯瑟琳·弗农

25. 苏珊夫人致约翰逊太太

我亲爱的艾丽西娅，我要求你祝贺我。我又做回了自己——开心又得意。当我那天给你写信时，我真的恼火至极，而且有足够的理由。不，我不知道我现在是否应该很平静，因为我为恢复和好，遇到了我从未打算接受的麻烦。这个雷金纳德有着他本人的骄傲心灵！——而且那颗心幻想自己有着高人一等的正直，更是无礼至极。我向你保证我不会轻易原谅他。他真的就要离开丘奇尔了！我刚刚结束上一件事，威尔逊就给我传来消息。于是我发现必须做些什么，因为我不愿选择让一个感情热烈又乐意报复的男人随意评价我的人品。允许他带着对我这么不利的印象离开，将是视我的名声为儿戏。在这种情形下，我的屈就很有必要。

我派威尔逊传话，说我想在他走之前和他谈谈。他马上来了。我们上次分开时他满脸的愤怒之情，有所缓和。他似乎为我的召唤感到惊诧，看似半是希望半是担心为我可能说出的话而心软。

如果我的神情表达了我的意愿，会是既镇定又庄重——然而带着些沉思，也许能让他相信我不太高兴。"很抱歉，先生，我这样贸然请你过来，"我说，"但因为我刚刚得知你今天离开此处的打算，我觉得有责任请求你不要为了我而缩短你在这儿的拜访，一个小时也不行。我完全清楚在我们之间发生了这样的事情后，继续待在同一座房子里对我们两人都不合适。我们亲密的友谊发生了如此彻底的颠覆，一定会使未来的任何交往都变成最严厉的惩罚。你要离开丘奇尔的决心无疑符合我们的处境，以及我知道你所拥有的那些热烈感情。但与此同时，让你离开你非常挚爱又无比宝贵的亲戚，我一定无法忍受这样的牺牲。我留在此处，会无法给弗农夫妇你的陪伴能够带来的那种快乐，而且我的拜访也许已经太久了。所以，我无论如何必须尽快离开，也许稍有提前也完全方便；因此我特别请求不要让我拆散彼此这么相亲相爱的一家人。**我**去哪儿对任何人都毫不重要；对我本人也无关紧要；但**你**对你全部的亲友都极其重要。"到此我结束了话语，我希望你能对我的演说感到满意。这对雷金纳德的影响证明了他有些自负，因为这即刻对他产生了一些有利的影响。哦！当我说话时看着他神情的变化，看出他在重返的柔情和残存的不悦之间的斗争，多么令人愉快。如此易受控制的感情有点讨人喜欢。并非我羡慕他有这样的感情，我也无论如何不想拥有这样的感情，但当一个人想支配另一个人的感情时会非常方便。然而这个雷金纳德，我只需寥寥数语就能即刻将他软化，让他温顺至极，变得比任何时候都更好驾驭、更有深情、更加忠诚；而他出于他那颗骄傲的心，本想因为第一阵怒火离我而去，甚至不愿屈尊寻求解释！

尽管他现在很谦卑，我却无法原谅他这次的骄傲。我不确定应该怎样惩罚他，是在这次和解后立即不再理睬他，还是通过嫁给他而永远嘲弄他。但这两个方案都太过激烈，需要慎重考虑才能决定。此时我在各种计划之间摇摆。我需要做到很多事情。我必须惩罚弗雷德里卡，还得严厉惩罚，因为她向雷金纳德求助；我也必须惩罚他那么欣然地接受求助，以及他别的做法。我必须惩罚我的妯娌，因为她自从詹姆士爵士被打发走后，在神情举止上无礼又得意——而为了让雷金纳德与我和好，我无法拯救那个不幸的年轻人——我必须为这几天的低声下气好好补偿自己承受的屈辱。我有许多方案做到所有这些。我也想很快来到城里，无论我对其余的方案有怎样的决定，我也许会实施**那个**方案——因为无论我想法如何，伦敦永远都是最佳的实施之地。我将在那儿得到回报，除了你的陪伴，还有为在丘奇尔十个星期苦修的稍稍放纵。

在打算了这么久之后，我要完成我女儿和詹姆士爵士的婚事，我相信这是因为我的性格。让我知道你对这件事的看法。想法易变，容易被人影响的性情，你知道这是我不太想获得的品质。弗雷德里卡也无权放纵她的奇思怪想，以她母亲的意愿为代价。还有她对雷金纳德徒劳的爱恋！我当然有责任打击这种无聊的浪漫。因此考虑到一切问题，我似乎必须带她去城里，把她立即嫁给詹姆士爵士。

当我实现了自己的意愿，并且违背了他的意愿，我会为同雷金纳德和好感到得意，事实上我现在还没做到，因为虽然他还在我的掌控之中，但我已经放弃了带来我们争吵的那件特别的事情。最多而言，胜利的荣耀依然难以预测。

告诉我你对所有这些事的看法，我亲爱的艾丽西娅，也让我知道我能否在离你不远的地方得到适合我的住所。

你最深情的

苏·弗农

26. 约翰逊太太致苏珊夫人

爱德华街

你的询问令我高兴，这是我的建议：你自己来城里，不要拖延，但你要把弗雷德里卡留下。把你自己嫁给德·库西先生并好好安顿下来当然更加重要，而不是把她嫁给詹姆士爵士，惹恼他和他的家人。你应该多考虑自己，少想你的女儿。她的性情不会在这个世界上为你增光，留在丘奇尔和弗农一家在一起，似乎正是她的恰当位置。但你适合社交，把你放逐在外真是可惜。因此把弗雷德里卡留下，让她沉溺于始终会让她足够痛苦的浪漫柔情中，为给你的折磨而自我惩罚。来伦敦吧，尽快做到。

我还有一个催促你的理由。

梅因沃林上星期来到伦敦，尽管约翰逊先生在家，他还是设法找到机会见了我。他为你痛苦不堪，对德·库西嫉妒不已，因此不适合让他们此时相见。但你要是不允许他在这儿见到你，我不能保证他不会做出很鲁莽的举动——比如去丘奇尔，那会糟糕透顶。而且，如果你接受我的建议，决心嫁给德·库西，那你完全必须让梅因沃林退出，只有你才有足够的影响力，能送他回到他妻子身边。

我还有另一个让你过来的动机。约翰逊先生下星期四离开伦敦。他要去巴斯疗养身体。如果那儿的水适合他的体质和我的心愿，他会因为痛风好几个星期卧床不起。在他离开期间我们能选择自己的同伴，得到些真正的享受。我本想邀请你来爱德华街，要不是他曾经强迫我做出永远不邀请你来家中的某种承诺。只因我当时特别缺钱，否则他不可能使我同意。但我会在上西摩街给你弄个带客厅的漂亮寓所，我们也许能一直在一起，在那儿或这儿，因为我把我对约翰逊先生的承诺，只理解为（至少在他离开期间）不让你在这座房子里睡觉。

可怜的梅因沃林为我详细讲述了他妻子经历的嫉妒！——愚蠢的女人，期待这么迷人的男人忠贞如一！但她一直愚蠢；竟然嫁给他，真是蠢得无法忍受。她，可是继承了大笔财产，而他身无分文！我知道除了爵位，她或许还有一个头衔。她结成这门亲事真是蠢不可及，所以虽然约翰逊先生是她的监护人，而我通常都和他想法不同，我也永远不能原谅她。

再见，你的
艾丽西娅

27. 弗农太太致德·库西夫人

丘奇尔

我亲爱的母亲，这封信将由雷金纳德带给您。他长长的来访终于快要结束，可我担心这次分离来得太晚，不能带给我们任何好处。**她**要去城里，去见她特别的朋友约翰逊太太。她起初打算让弗雷德里卡陪她，以便为她找些老师，但我们否决了她的想法。弗雷德里卡想到要去非常痛苦，我无法忍受让她任由她母亲摆布。伦敦的所有老师都不能弥补她被毁掉的安适。我也担心她的身体，除她原则以外的一切都会担心；**那儿**我相信她不会受到伤害，无论是被她母亲还是她母亲的朋友。但她必然会和那些朋友（我毫不怀疑是很糟糕的一群人）混在一起，或被完全独自留下，我很难说清哪种情况对她更不利。另外她如果和她母亲一起，哎呀！很有可能必须同雷金纳德在一起——那将是最大的不幸。

在这儿我们很快会得到安宁。我们日常的活计，我们的书籍和谈话，还有运动、孩子们，以及我力所能及的每一种家庭娱乐，我相信，会逐渐克服这场年轻的爱恋。假如她并非被她母亲，而是被世界上别的任何女人轻视，就不用怀疑这一点。

苏珊夫人要在城里待多久，或者她是否还返回这儿，我不知道。我不可能对她热情邀请；但如果她选择要来，我无论怎样缺乏热情都不可能把她拒之门外。

　　我忍不住问雷金纳德这个冬天是否打算去伦敦，在我刚发现夫人要去那儿时。虽然他声称自己很不确定，但他说话时的某种神情和语气，和他的话语背道而驰。我已不再叹息。我已将这件事视为必然，因而绝望地对此听之任之。如果他很快离开您去伦敦，一切都将成为定局。

您挚爱的

凯瑟琳·弗农

28. 约翰逊太太致苏珊夫人

我最亲爱的朋友：

　　我沮丧至极地给你写信，最不幸的事情刚刚发生。约翰逊先生忽然想到了折磨我们所有人的最佳方式。我不知道他是怎样听说了你很快要来伦敦，便立即想方设法得了严重的痛风，至少一定会推迟他去巴斯的旅行，就算并非完全阻止此事。我相信他的痛风病可以随心所欲地呼来喝去。当我想和哈密尔顿一家去湖区时也是这样。三年前，在**我**想去巴斯时，什么都不能诱使他出现丝毫的痛风症状。

　　我已经收到你的信，因而已经安排了你的住所。我很高兴地发现我的信能对你产生这么大的影响，那位德·库西当然属于你本人。你到来后尽快给我写信，特别要告诉我你打算对梅因沃林怎么办。我无法说出何时能来看你。我一定会极受束缚。这真是个可恶的把戏，在这儿生病，而不是在巴斯，让我几乎无法做自己的安排。在巴斯，他的老姑妈们还可以照顾他，但在这儿全都落在我的身上——而且他对疼痛极能忍耐，让我没有发脾气的常规借口。

你永远的
艾丽西娅

29. 苏珊·弗农夫人致约翰逊太太

上西摩街

我亲爱的艾丽西娅：

无需这次痛风发作来让我讨厌约翰逊先生；不过现在我的厌恶已到了无以复加的地步。把你监禁起来，作为他家中的护理！我亲爱的艾丽西娅，你嫁给他这个年纪的男人究竟犯了怎样的错！——正好老得拘泥刻板，不受控制，还有痛风——而且老得令人生厌，又年轻得不足以死去。

我昨晚大约五点到达，几乎没来得及吃饭，梅因沃林就出现了。我不想掩饰见到他带给我的真正快乐，以及我感觉他的相貌举止和雷金纳德有怎样的天差地别，后者差得太多。有一两个小时，我甚至动摇了要嫁给他的决心——虽然这个想法过于无聊也荒唐愚蠢，没能让我长久思考，可我并不急于进入婚姻，或急不可耐地等待着雷金纳德按照我们的约定来城里的时候。我也许会拖延他的到来，找出某个借口。在梅因沃林离开前他绝不能来。

有时我依然对结婚的事感到困惑。如果那个老家伙快死了，我也许不会犹豫；但让生活一直取决于雷金纳德爵士反复无常的状态，不会适合我自由的心性。要是我决心等待那件事的发生，我目前有足够的理由，因为我守寡还不到十个月。

我尚未对我的打算给梅因沃林丝毫暗示——也不允许他认为

我和雷金纳德的交往超出了最普通的调情；他还比较平静。再见，直到下次见面时。我对自己的住所很心醉。

你永远的

苏·弗农

30. 苏珊·弗农夫人致德·库西先生

上西摩街

我已收到你的来信。尽管我不想掩饰我对你为见面的时刻迫不及待而感到高兴，我还是觉得有必要把那个时间往后推延。别不听我解释就为我行使这样的权利认为我无情，也不要指责我反复无常。在我从丘奇尔过来的路上，我有足够的闲暇思考我们目前的关系状态，而每次回顾都让我相信这缺乏了行为的周到和审慎，我们至今为止几乎没注意过这些。我们在感情的驱使下，进展得十分匆忙，很不符合我们朋友的主张，或世人的看法。我们轻率地结成了仓促的婚约；但我们绝不能鲁莽地完成此事，当有太多理由担心这门亲事会遭到你所依赖的那些朋友的反对时。

我们不该责备在你父亲那方，会期待你结成一门有利的亲事；尽管像你们那样的家庭有着极其丰厚的财产，但想增加财富的心愿，即使并不非常合理，也太过寻常，不会引起惊讶或怨恨。他有权要求找个富有的女人做他的儿媳，我有时会在心里为让你结成一门如此鲁莽的亲事感到挣扎。但有着我这种感情的人，常常太晚才会承认理智的影响。

如今我才守寡几个月；尽管我从几年的婚姻中得到的快乐，很少源于对我丈夫的回忆，但我依然无法忘记这么早开始第二段婚姻有多么不得体。这一定会让我受世人责备，而更让人难以容忍的，是引起弗农先生的不悦。我也许最终能硬下心肠面对众人的不公正指责；但失去**他**可贵的看重，你我都很清楚，极其无法忍受。如果在此之上还要加上意识到伤害了你和你家人的关系，我该如何支撑我自己？怀着像我这么酸楚的感情，相信我已经把儿子和父母拆散，将让我即使和**你**在一起，也会成为最痛苦的人。

因此当然最好推延我们的婚事，延迟到一切看似不错，直到事情有了更好的转机。为帮助我们下定这样的决心，我认为分离非常必要。我们绝不能见面。尽管这句话也许看似残忍，但只有说出这句话的必要性，才能让我本人接受它；也能让你明白这一点，当你能以我迫使自己考虑这件事的角度，思考我们的境遇。你也许，你一定能相信只有对责任最坚定的信念，才能诱使我以伤害自己的感情，促成这更长久的分离；你也不会怀疑我对你的感情漠不关心。因而我得再说我们目前不应该，也绝不能相见。通过彼此几个月的分离，我们会平息弗农太太作为姐姐的担忧，她本人习惯了享受富裕生活，认为财产处处必不可少，而她的感情和我们有本质的不同，无法理解我们的感情。

让我很快，尽快收到你的来信。告诉我你接受了我的理由，也不责备我使用这些道理。我不能忍受责备。我的兴致没有高涨得需要压抑。我必须努力从外面得到娱乐，幸运的是我的许多朋友都在城里——在他们中间，有梅因沃林夫妇。你知道我多么真心敬重这对夫妇。

我是你永远忠实的

苏·弗农

31. 苏珊夫人致约翰逊太太

上西摩街

我亲爱的朋友：

那个恼人的雷金纳德来了。我写信本打算让他在乡下多住些日子，却促使他赶快来到了城里。不过我虽然非常想让他离开，却忍不住为这番爱的证明感到高兴。他很爱我，全心全意。他会亲自带来这张便笺，把自己引荐给你，他早就渴望与你结识。允许他和你度过这个晚上，我也许就没有他回来的风险。我告诉他我身体不太好，必须独处——如果他再来拜访可能会有些麻烦，因为仆人不可能完全可靠。因此我请求你把他留在爱德华街。你不会觉得他是个沉闷的同伴，我也允许你随心所欲地和他调情。与此同时别忘了我真正的目的，想方设法使他相信，如果他待在这儿我会很痛苦。你知道我的理由——得体之类的话。我自己也会继续催促他，但我确实急于摆脱他，因为梅因沃林半小时内就会过来。再见。

苏·弗

32. 约翰逊太太致苏珊夫人

爱德华街

我亲爱的宝贝：

　　我痛苦不堪，不知该做什么，也不知**你**能做什么。德·库西先生来了，就在他不该到来的时刻。梅因沃林太太那时刚进了屋子，强迫自己出现在她监护人的面前，虽然我在事情发生前对此一无所知，因为她和雷金纳德来的时候我出去了，否则我无论如何都会打发他离开。然而**她**和约翰逊先生关在里面，而**他**在客厅等着我。她昨天来城里寻找她的丈夫，但你也许已经从他本人那儿听说了。她来到这座房子里请求我丈夫的干涉，在我还不知情的时候，你想让我隐瞒的一切他都知道了。不幸的是她已经从梅因沃林的仆人那儿得知自从你来到城里他每天都来看你，刚刚还亲自把他送到你的门口！我能做什么？事实是如此可怕的东西！所有这些德·库西已经全部知晓，他此时正单独和约翰逊先生在一起。别责备我；说实话，这无法阻止。约翰逊先生已经有一段时间怀疑德·库西先生打算娶你，刚得知他在这座房子里时就想和他单独谈谈。

　　为给你安慰，那个可恶的梅因沃林太太已经因为心烦意乱，变得比以往更瘦更丑，他们全都在秘密交谈。还能做什么？如果梅因沃林现在和你在一起，他最好离开。无论如何我希望他比以往更多地折磨他的妻子。给你我担忧的问候。

你忠实的

艾丽西娅

33. 苏珊夫人致约翰逊太太

上西摩街

　　此番说明实在令人恼火。你竟然离开了家真是不幸！我以为你七点时肯定在家。但我并不泄气。别为了我用各种担忧折磨你自己。相信我，我能对雷金纳德编出很好的故事。梅因沃林刚刚离开；他告诉了我他妻子过来的消息。愚蠢的女人！她想以这样的手段得到什么？不过，我希望她安安静静地待在兰福德。

　　雷金纳德开始会有些愤怒，但在明天晚饭之前，一切都将恢复如初。

再见！

苏·弗

34. 德·库西先生致苏珊夫人

我写信只为向你告别。魔咒消除了。我看到了你的真实面目。自从我们昨天分别后，我从毋庸置疑的权威人士那儿，得知了关于你的那样一番经历，必然会让我屈辱至极地相信我一直受到了怎样的摆布，也使我完全相信必须立即和你永远分离。你不可能怀疑我指什么。兰福德！——兰福德——那个词就已经足够。我在约翰逊先生的房子里，从梅因沃林太太的口中得知了这些消息。

你知道我曾经有多爱你，你能清晰判断我此时的感受。但我尚未软弱到要向一个将为带来这番痛苦而得意洋洋的女人尽情描述这种感受，而我的感情从未赢得过她的真心。

雷·德·库西

35. 苏珊夫人致德·库西先生

上西摩街

我不想试着描述我读这张便笺时的惊诧，我此刻收到的你的便笺。我尝试对梅因沃林太太可能向你说了什么，能给你的感情带来如此不同寻常的变化做些合理猜测，却深感迷惑。难道我没有把和我有关并且令人生疑的事情，那些恶意的世人为毁谤我的名誉而说出的一切都向你解释清楚？你**现在**能听到什么来动摇你对我的敬意呢？难道我曾经向你隐瞒过什么？雷金纳德，你让我焦虑得无以言表。我无法想象关于梅因沃林太太嫉妒心的陈旧往事再被提起，或至少再被**聆听**。立即来到我身边，解释此刻完全不可理喻的事情。相信我，仅仅**兰福德**一个词没带来那么有效的信息，能够无需更多解释。如果我们**要**分开，至少你得向我做个得体的当面告别。但我无心调侃；说实话，我非常严肃——因为失去你的看重，即使只有一个小时，也是我不知该怎样承受的屈辱。我将数着分秒等你到来。

苏·弗

36. 德·库西先生致苏珊夫人

　　你为何要给我写信？为何要求解释详情？但既然如此，我只得宣称关于你在弗农先生有生之年以及他死后的不端行为，我之前听到了世人对其的所有描述，在我见到你之前我都完全相信。但你努力施展自己扭曲的才能，已经让我决定不去相信，如今又无可争辩地向我证实。不，更有甚者，我还确认了一段关系，我以前从未想过，却已经存在了一段时间，依然存在于你和那个男人之间。你夺走了那个家庭的安宁，作为他们对你热情接纳的回报！你自从离开兰福德后一直和他保持通信——不是和他妻子——而是和他——而且他现在每天都来看你。你能，你敢否认这些吗？而且所有这些都发生在我作为一个被鼓励、被接受的情人时！我是逃脱了怎样的命运！我只能心怀感激。我绝不会有任何怨言，也不会发出一声叹息。我自己的愚蠢令我陷入危险，我将得到的保护归功于另一个人的善意和正直。但不幸的梅因沃林太太，她讲述过去时的痛苦似乎已经危及了她的理智——**她**如何才能得到安慰？

　　在这样的发现后，你几乎无法继续假装对我打算向你告别感到惊讶。我的理智终于恢复，不仅教我憎恶那些令我屈服的伎俩，更让我鄙视自己的软弱。那些伎俩的力量正是基于我的软弱。

雷·德·库西

37. 苏珊夫人致德·库西先生

上西摩街

我很满意——在寄出这寥寥数语后不会再麻烦你。两个星期前你急于订下的婚约①，已经不再符合你的想法，我高兴地发现你父母对你的慎重建议并非白费口舌。我毫不怀疑，紧随这个孝顺之举，你将很快回归平静，我自认为从这场失望中**我**也能获得一些平静。

苏·弗

---

① 当时的婚约形式通常为恋人之间的口头承诺。

38. 约翰逊太太致苏珊·弗农夫人

爱德华街

我很难过，尽管我不会对你和德·库西先生的决裂感到吃惊。他刚写信告诉了约翰逊先生。他说他今天要离开伦敦。请相信我对你的所有心情感同身受，如果我得说我们必须很快放弃甚至书信的来往，不要生气。这让我痛苦——但约翰逊先生发誓要是我坚持这段交往，他会在乡下度过余生——你知道当还有别的选择时，我不可能屈从这种极端情形。

你当然已经听说梅因沃林夫妇要走了，我担心梅太太会很快再来我们这儿。但她依然那么爱她的丈夫，为他如此心烦意乱，也许她不会活得太久。

梅因沃林小姐刚来到城里和她婶婶在一起，他们说，她宣称她要在下次离开伦敦前得到詹姆士·马丁爵士。如果我是你，我当然要自己得到他。我几乎忘了告诉你我对德·库西先生的评价，我对他非常喜爱，我认为他和梅因沃林一样英俊，而且神情那么开朗愉悦，让人忍不住对他一见钟情。约翰逊先生和他是世界上最好的朋友。再见，我最亲爱的苏珊。我希望事情没有进展得那么不顺利。对兰福德的那场不幸拜访！但我敢说你已尽力做到最好，而命运不可违抗。

你诚挚爱恋的
艾丽西娅

39. 苏珊夫人致约翰逊太太

我亲爱的艾丽西娅：

　　我接受必须分手的事实。在你别无选择的情况下。我们的友情不可能因此受到伤害；到了更愉快的时候，当你的处境和我一样独立时，会让我们再次像从前那样亲密无间。我会迫不及待地等着那一刻；与此同时我能完全向你保证，比起此时此刻，我从未这么安心过，或对自己和身边的一切更加满意。你的丈夫令我憎恶——雷金纳德让我鄙视——我一定再也不会见到他俩当中的任何一个。难道我没理由高兴吗？梅因沃林比以往更加爱我；要是他能得到自由，我甚至怀疑自己能否拒绝**他的**求婚。这件事情，如果他妻子和你们住在一起，你也许有能力加快速度。她的感情非常强烈，必然令她筋疲力尽，也许很容易让她始终恼火。我信赖你的友情能够做到此事。我如今满意于永远无须嫁给雷金纳德；我也同样相信弗雷德里卡绝不**可能**。明天我会把她带离丘奇尔，让玛丽亚·梅因沃林为这个结果颤抖。弗雷德里卡在她离开我的房子前将成为詹姆士爵士的妻子。**她**也许会哭泣，弗农一家或许会暴跳如雷；但我不在乎他们。我厌倦了让自己的意愿屈从于别人的反复无常——以及放弃自己的判断来表示对那些人的顺从，那些我不欠任何责任，也毫不尊重的人。我已经放弃太多——始终太容易受人影响；但弗雷德里卡现在将感到不同。

再见，我最亲爱的朋友。但愿下一次痛风发作对你更加有利。愿你永远视我为你始终不变的，

苏·弗农

40. 德·库西夫人致弗农太太

我亲爱的凯瑟琳：

我有个可喜的消息要告诉你。如果我早上没有发出信件，你也许能免于为得知雷金纳德去了城里感到忧虑，因为他回来了，雷金纳德回来了，不为要我们允许他娶苏珊夫人，而是要告诉我们他们永远分手了！他来到屋里才一个小时，我还没能得知细节，因为他的情绪极其低落，让我无心提问。但我希望我们很快能得知一切。这是他迄今带给我们最喜悦的时刻，自从他出生的那天起。除了让你们过来什么都不缺，这是我们特别的心愿和请求，你们应该尽快来到我们身边。你们已经欠我们许多个星期的漫长拜访。我希望这对弗农先生不会不方便，请带上我所有的外孙，当然也包括你可爱的侄女；我渴望见到她。这一直是个悲伤沉闷的冬天，没有雷金纳德，也见不到来自丘奇尔的任何人；我以前从未发现这个季节如此令人生厌，但这愉快的相聚会让我们重新年轻起来。我对弗雷德里卡非常牵挂，等雷金纳德恢复了他平常的好心情后，（我相信他很快就会），我们将试着再次夺走他的心，我也满心期盼在不远的将来看着他们牵起手。

你挚爱的母亲
凯·德·库西

41. 弗农太太致德·库西夫人

丘奇尔

我亲爱的母亲：

您的来信令我惊讶至极。他们真可能分开了吗——还是永远分离？如果我敢指望这一点我会喜不自胜，但我见到了所有那些之后，怎可能感到安心？而且雷金纳德真的和您在一起！我感到更加惊讶，因为星期三，正是他回到帕克兰兹的那一天，我们得到了最不期而至也最不受欢迎的苏珊夫人的来访，她看起来非常开心、兴致勃勃，更像是她去了城里后就要和他结婚，而不像要和他永远分手。她待了将近两个小时，和平时一样和蔼可亲、令人愉悦，对他们之间的任何矛盾或冷淡只字未提，也没留下丝毫暗示。我问她自从我弟弟到了城里她有没有见过他——并非您可能认为的对这件事有丝毫怀疑——只是想看看她的神情会怎样。她立即毫无尴尬之色地说道，他已经好意地在星期一拜访了她，但她相信他已经回家了——我根本不愿相信。

您的好意邀请我们愉快地接受了，到下个星期四，我们和我们的孩子将和你们在一起。感谢上帝！雷金纳德到那时不会又去了城里！

我希望我们也能带上弗雷德里卡，但我很遗憾地说她母亲来这儿的目的就是带她离开。因此尽管这让那可怜的女孩非常痛苦，却没有可能把她留下。我完全不情愿让她走，她叔叔也一样；能说的所有话，我们**的确**都说了。但苏珊夫人宣称她如今要在伦敦住上好几个月，如果她女儿不和她在一起就不能放心，因为找老师等问题。她的态度，毫无疑问，十分和蔼得体——弗农先生相信弗雷德里卡现在能得到慈爱的对待。我希望我也能这么想！

可怜的女孩离开我们时几乎心碎。我让她常常给我写信，记住如果她有任何麻烦，我们永远都是她的朋友。我设法单独见了她，以便说出所有这些话，我希望能让她感觉稍微轻松些。但我要是不去城里，自己来判断她的处境就无法安心。

我希望情况能比现在看来好一些，关于您在信的末尾表示期待的这门亲事。目前不大可能。

您永远的
凯瑟琳·弗农

结局

这些通信，因为一些人的相聚和另一些人的分离，作为对邮局收入的巨大损失，无法再继续下去。从弗农太太和她侄女的书信交往中，也看不出能对情况有多少帮助，因为前者很快从弗雷德里卡的写信风格中发现，这些信是在她母亲的监督下写成，因此她推迟了所有的详细询问，直到她能亲自去城里的那一天，在此之前不再细致写信或经常通信。

与此同时她从敞开心扉的弟弟那儿，得知了发生在他和苏珊夫人之间的许多事情，足以让后者比任何时候更令她鄙夷，她也因此更加急于带弗雷德里卡离开这样一位母亲，让她得到自己的照料。她虽然对成功几乎不抱希望，却下定决心尝试一切也许有机会获得她姊娌同意的办法。她对这件事的担忧让她催促着早去伦敦拜访；而弗农先生，一定早就能看出，他活着只为做别人想让他做的任何事，于是很快找到一些方便让他去那儿的事情。弗农太太满心牵挂这件事，在她到达伦敦后，很快就拜访了苏珊夫人。她得到夫人轻松愉悦的深情对待，几乎令她惊恐得转身离去。对雷金纳德的回忆，对罪行的愧疚，都不能给她丝毫尴尬之色。她心情极好，似乎急于通过对她小叔子和姊娌的殷勤备至，表示她不但明白他们的好意，也为有他们做伴感到高兴。

弗雷德里卡的变化不比苏珊夫人更大；和从前一样在母亲面

前举止矜持，神情胆怯，这让她婶婶相信她的境遇很不舒适，更加坚定了她想改变的计划。然而苏珊夫人没有表现出刻薄的态度。詹姆士爵士带来的烦扰这个话题也彻底结束——只稍稍提起了他的名字，说他不在伦敦。在她所有的谈话中，她只想让女儿幸福并有些长进，以满怀感激喜悦的话语，承认弗雷德里卡现在一天天变成了令母亲满意的样子。

弗农太太满心惊讶又难以置信，不知能怀疑什么，而她自己的想法完全没有改变，只担心做成此事将更加困难。她最早得到的一丝希望，源于苏珊夫人问她是否觉得弗雷德里卡和在丘奇尔时看上去一样好，因为她必须承认自己有时会担忧伦敦是否完全适合她。

弗农太太鼓励她的困惑，直接建议让她的侄女和他们一起回到乡下。苏珊夫人无法表达她对这番好意的感激，但出于各种理由不知该怎样和女儿分离。因为她自己的安排尚未完全确定，她相信不久后她自己就能带弗雷德里卡回到乡下，以完全拒绝从这无与伦比的关心中获益作为结束。然而弗农太太坚持要这样做，尽管苏珊夫人继续拒绝，她的拒绝在几天后似乎已经不那么坚定。

对一场流感的担忧，幸运地决定了也许本来无法这么快定下的事情。苏珊夫人作为母亲的忧虑被彻底唤醒，除了让弗雷德里卡远离流感的危险想不到任何事。在世间所有的混乱中，她最害怕流感对她女儿体质的影响。弗雷德里卡随她的叔叔婶婶回到丘奇尔，三个星期后，苏珊夫人宣布她嫁给了詹姆士·马丁爵士。

弗农太太那时相信了她此前只是怀疑的事情，即她也许能免去自己主张带走她的所有麻烦，苏珊夫人无疑一开始就下定了决心。弗雷德里卡的来访名义上是六个星期；但她的母亲，虽然在一两封充满爱意的信中邀请她回家，却欣然以同意延长她的逗留时间，令所有人都感到满意。两个月后她不再提及她的离开，在此之后就停止了给她写信。

弗雷德里卡因此在她的叔叔婶婶家安顿下来，直到时机成熟，能对雷金纳德·德·库西说话、奉承并巧妙地诱使他爱上她——这一点，考虑到他需要时间克服对她母亲的爱恋，曾经发誓未来不再爱上女人并讨厌她们，也许能合理期待一年的时间可以做到。通常来说三个月就够了，但雷金纳德的感情不仅强烈而且持久。

苏珊夫人在她的第二次选择中是否幸福，我完全看不出该怎样确定——因为她对这个问题任何一方面的保证，谁又能够相信呢？世人必须通过可能性做出评判。她没有任何事与她作对，除了她的丈夫，以及她的良心。

詹姆士爵士似乎得到了比仅仅愚蠢能够带来的更残酷的命运。因此，我任由他接受任何人可能给他的所有同情。至于我本人，我承认**我**只能同情梅因沃林小姐；她来到城里，穿着让她在今后两年都会陷入贫穷的昂贵服饰，想要得到他，却被一个比她年长十岁的女人骗走了她的应得。

沃森一家

第一章

D.① 镇的第一场冬季舞会②将在 10 月 13 日星期二举行，众人期待这将是一场极棒的舞会。主人浏览着一长列村中的家庭名单，确信他们都会参加，也对奥斯本一家的到来怀着乐观的期待。爱德华兹一家对沃森一家的邀请当然也随后而至。爱德华兹家财产丰厚，他们住在镇上，还有马车③；沃森家住在大约三英里外的乡下，生活贫穷，马车④破旧不堪。自从这儿有了舞会后，前者习惯于邀请后者在整个冬天每月一次的舞会中，在他们的房子里更衣吃饭睡觉。在目前的情况下，由于沃森先生只有两个孩子在家，其中一个必须始终作为他本人的陪护，因为他体质虚弱又失去了妻子，所以只有一个人能从他们朋友的善行中获益。爱玛·沃森小姐最近才离开了把她从小养大的姑妈的照料，即将在这一带首次公开露面。她大姐对舞会的喜爱没有因为十年的享受而降低分毫，在这个重要的上午，能愉快地把尽量打扮漂亮的她送上那辆老旧的马车，的确很是难得。

当他们经过那条泥泞四溅的小路时，沃森小姐这样告诉并提

---

① 可能指萨里郡的杜金镇（Dorking）。
② 原文为"assembly"，指通常由乡绅参加的公共舞会，偶尔会有贵族出席，一般在客栈舞厅等公共场所举办，参加者需购票进入。
③ 原文为"carriage"，指旧式四轮马车。
④ 原文为"old chair"，指一匹马拉的轻型马车。

醒她毫无经验的妹妹："我敢说这将是一场很棒的舞会，在那么多军官中间，你几乎不会缺少舞伴。你会发现爱德华兹太太的女仆很乐意帮助你，我会建议你如果不知该怎么办就去请教玛丽·爱德华兹，因为她品位极好。如果爱德华兹先生没在牌桌上输钱，你想待到多晚都行；要是他输了，他或许会把你赶回家，但你肯定能喝到一些美味的热汤。我希望你会很漂亮——如果人们认为你是屋子里最漂亮的女孩之一我不会惊讶，新鲜面孔总会引人注目。也许汤姆·马斯格雷夫会注意到你——但我会建议你无论如何别给他任何鼓励。他通常会向每个新来的女孩献殷勤，但他非常善于调情，却从不认真。"

"我想我以前听你说过他，"爱玛说，"他是谁？"

"一个财产丰厚的年轻人，非常独立①，特别讨人喜爱，无论走到哪儿都是众人的宠儿。附近的大多数女孩都爱上了他，或曾经爱过。我相信我是她们当中唯一带着整颗心逃脱的人，但我是他献殷勤的第一个人。当他在六年前来到村里时，他对我大献殷勤。有人说他此后似乎从未那么喜欢过一个女孩，尽管他总是对这个或那个人有些特别的表现。"

"你的心怎么会是唯一冷淡的那颗呢？"爱玛微笑着说。

"那是有原因的，"沃森小姐答道，她变了脸色，"我也得到了不好的对待，爱玛。我希望你有更好的运气。"

"亲爱的姐姐，请原谅，如果我无意中给了你痛苦。"

"当我们最初认识汤姆·马斯格雷夫时，"沃森小姐似乎没听

---

① 指财产由自己支配。

见她的话，继续说道，"我十分爱恋一个名叫珀维斯的年轻人，是罗伯特一个特别的朋友，他那时总和我们在一起。人人都认为这会是一门亲事。"

伴随着这些话是一声叹息，爱玛以沉默表示了关心——然而她姐姐稍停片刻后又说道："你自然会问这为何没有发生，他为何娶了另一个女人，在我依然单身的时候——但你必须问他——不是我——你必须问佩内洛普——是的，爱玛，佩内洛普是一切的根源——她认为可以不择手段地得到丈夫；我信任她，而她让他和我作对，只为自己获得他，结果他很快不再过来拜访，不久就娶了别人——佩内洛普对她的行为满不在乎，但**我**认为这样的背叛非常恶劣。这毁了我的幸福。我永远不会像爱珀维斯一样爱上任何人。我想如果他们年纪相仿，汤姆·马斯格雷夫无法和他相提并论。"

"你关于佩内洛普的话让我非常震惊，"爱玛说，"一个姐妹能做出这样的事吗？——姐妹间的较量和背叛！——我会很害怕结识她——但我希望并非如此。她看起来并非那样。"

"你不了解佩内洛普——她为了结婚什么都愿意做——她本人就能对你说这样的话——别信任她，告诉她你自己的任何秘密。听我的劝告，别相信她。她有她的好品质，但她没有忠诚、没有正直、没有顾忌，只要她能提升自己的利益——我衷心希望她嫁得很好。我确信我宁愿她比我本人嫁得更好。"

"比你本人！——是的，我可以这么想。像你这样受伤的心灵，几乎不会想要结婚。"

"的确不太想——可你知道我们必须结婚——就我自己而言

单身也很不错——几个同伴，不时有一场愉快的舞会，对我而言就足够了，假如我们能够永远年轻。但父亲无法供养我们，他变得又老又穷、受人耻笑、极其糟糕——我已经失去了珀维斯，的确很少有人能嫁给她们最初的恋人。我不会因为一个男人不是珀维斯而拒绝他①——并非我能完全原谅佩内洛普。"

爱玛摇头表示默许。

"但佩内洛普有她自己的麻烦，"沃森小姐继续说道，"她为汤姆·马斯格雷夫而伤心失望，他随后从我转而向她献殷勤，让她特别喜爱；但他从未有过认真打算，在他对她玩弄得够久之后，他开始怠慢她，转向玛格丽特，可怜的佩内洛普非常难过——从那以后她曾试着在奇切斯特结一门亲事；她不愿告诉我们是谁，但我相信是有钱的老哈丁博士，她去看望的一个朋友的叔叔——她为他花了许多心思，浪费了很多时间，但至今毫无结果——那天她离开时，她说这将是最后一次——我想你不知道她在奇切斯特的特殊事务——也猜不出就在你离开这么多年刚刚回家时，怎样的目标能让她离开斯坦顿。"

"是的，的确如此，我没有丝毫的怀疑。我认为她就在那时和肖太太的约定对我而言非常不幸。我本想看到所有的姐妹都在家，能即刻和每个人交朋友。"

"我怀疑博士得了痛风病——她为此匆忙赶去——肖家的人很喜欢她——至少我相信如此——但她什么也没告诉我。她宣称要自己做主；她千真万确地这样说道：'厨子过多毁美汤'。"

---

① 当时的中产阶级女性通常只有结婚和成为家庭教师或教员这两种出路。家庭教师或教员是社会经济地位极低的工作。

"我为她的焦虑感到遗憾，"爱玛说，"但我不喜欢她的计划或想法。我会害怕她——她的脾气一定太过男子气也过于大胆——那么决意要结婚——只为境遇而追求男人——这样的事情令我震惊；我无法理解。贫穷是很糟糕的事情，但受过教育也有感情的女人不该如此，这不可能是最糟糕的事——我宁可去学校当教员（我想不出更差的情况）也不愿嫁给我不爱的人。"

"除了当教员，我什么都愿做，"她姐姐说，"**我**去过学校，爱玛，知道她们过着怎样的生活；**你**从未去过——我和你一样不愿嫁给令人讨厌的男人——但我不认为**有**那么多很不讨人喜欢的男人——我想我能喜欢任何性情愉悦，收入不错的男人——我想姑妈把你养得过于文雅。"

"说真的，我不知道——我的举止一定能告诉你我是怎样被养大的。我无法评判自己。我不能把姑妈的方式和任何人相比较，因为我不认识别人。"

"但我能从许多事情上看出你非常文雅。自从你回家后我就在观察，我担心这不能带给你快乐。佩内洛普会经常嘲笑你。"

"我相信**那**不会让我快乐——如果我的想法错了，我必须改正——如果这超出了我的境遇，我必须尽力掩饰——但我怀疑嘲笑是否——佩内洛普很爱打趣吗？"

"是的——她兴致勃勃，从不在乎她说了什么。"

"我想，玛格丽特更温柔？"

"是的，尤其和别人在一起时。当旁边有任何人时她温柔至极——但她在我们自己人中间有些烦躁固执——可怜的人儿！她满心认为汤姆·马斯格雷夫对她的爱恋，比他曾经对任何人都更加认真，一直期待他表明心意。这是她一年中第二次去和罗伯特与简住上一个月，故意以她的离开怂恿他——但我肯定她错了，他现在和三月时一样，绝不会追随她去克罗伊登——除非娶某个大人物，否则他永远不会结婚；也许是奥斯本小姐，或那样的某个人。"

"伊丽莎白，你对汤姆·马斯格雷夫的描述，让我很不愿意和他结识。"

"你害怕他；我对你这样不感到奇怪。"

"真的不是——我讨厌又鄙视他。"

"讨厌又鄙视汤姆·马斯格雷夫！不，**那**你永远做不到。我不相信如果他注意到你，你会不喜欢他——我希望他会和你跳舞——我敢说他会的，除非奥斯本家来了许多人，然后他就不会和其他任何人说话了。"

"他似乎有着最迷人的风度！"爱玛说，"好吧，我们来看看我和汤姆·马斯格雷夫先生会发现彼此多么不可抗拒——我想我刚进入舞厅就能认出他，他的脸上**一定**有着独特的魅力。"

"我能告诉你，你不会在舞厅发现他。你会到得很早，爱德华兹太太也许能在火炉旁找个好位置，但他总是到得很晚。如果奥斯本一家要来，他会等在走廊，和他们一起进来——我倒想仔细观察你，爱玛。只要这一天父亲还不错，我刚为他备好茶，我就穿暖和了，詹姆斯会送我过去。舞会开始前我就能和你们在一起。"

"什么！你会很晚乘这辆马车过来？"

"我当然会——好啦，我说过你很文雅——**那**就是个例子。"

爱玛一时没有回答——最后她说道："伊丽莎白，我希望你没有坚持让我去参加这场舞会，我希望你能替我去。你会比我更快乐。我是这儿的陌生人，除了爱德华兹一家谁也不认识；因此我很怀疑自己是否会愉快。你在你所有的熟人当中一定会快乐——现在改变为时不晚。几乎不需要向爱德华兹一家道歉，他们一定为和你而非和我做伴感到更高兴，而我会非常乐意回到父亲身边；我一定不会害怕乘坐这匹安静的老马拉的车回家。我会想办法给你送来你的衣服。"

"我最亲爱的爱玛，"伊丽莎白激动地叫道，"你认为我会做那样的事情吗？——绝无可能——但我会永远忘不了你好心的提议。你的脾气一定非常甜美，我从未见过这样的脾气！——你真的愿意放弃这场舞会，让我可以去！——相信我，爱玛，我还没有自私到那个地步。不，尽管我比你大九岁，我不愿因为我而不让你被人看见——你很漂亮，如果你不能拥有我们都有的平等机会，得到你的幸运①，会很残酷——不，爱玛，这个冬天无论谁待在家里，都不能是你。我相信我永远无法原谅那个在我十九岁时不让我参加舞会的人。"

爱玛表达了她的感激之情。有几分钟她们默默无语地前进着，伊丽莎白首先开口："你要注意玛丽·爱德华兹和谁跳舞。"

"如果可以我会记住她的舞伴——但你知道他们对我来说都是陌生人。"

"只要观察她有没有和亨特上尉跳舞，而且不止一次；我在

---

① 原文为"make your fortune"。"Fortune"除幸运外，也有命运、财富的意思。

那方面有些担心。并非她的父亲或母亲喜欢军官，但如果她这样做，可怜的山姆就没了指望——我已经答应写信告诉他她和谁跳舞。"

"山姆喜欢爱德华兹小姐吗？"

"你不知道**那个**吗？"

"我怎会知道？我在什罗普郡怎能知道萨里郡发生的那样的事情？——在过去十四年我们难得的交流中，不大可能提到如此敏感的情形。"

"我很诧异写信时会从未提起。自从你回到家，我一直忙着照料可怜的父亲，打理家务，没时间告诉你任何事——但说真的我认为你全都知道——他这两年一直非常爱她，因为不能总是离开来参加我们的舞会感到特别失望——可是柯蒂斯先生不常让他走，此时他正在吉尔福德难得呢。"

"你认为爱德华兹小姐会喜欢他吗？"

"我担心不会：你知道她是唯一的女儿，会拥有至少一万英镑。"

"不过，她依然有可能喜欢我们的兄弟。"

"哦！不。爱德华兹一家的眼光高得多。她的父母永远不会同意。山姆只是个外科医生①，你知道——有时我认为她的确喜欢他。但玛丽·爱德华兹非常拘谨矜持；我并非始终知道她的想法。"

"除非山姆和这位小姐本人达成共识，否则在我看来，他竟

---

① 当时的人们以得到世袭财产、无需工作为荣。处理伤口、骨折、身体不适的外科医生（surgeon），社会地位也不及内科医生（physician）。

然会被鼓励想着她真是个遗憾。"

"年轻人总得想着谁，"伊丽莎白说，"他为何不能和罗伯特一样幸运，得到一位妻子和六千英镑呢？"

"我们绝不能全都期待特别的幸运，"爱玛答道，"家中一个成员的幸运就是所有人的幸运。"

"我的还没到来，我相信，"伊丽莎白说着又叹了口气，因为想起了珀维斯，"我已经足够不幸，所以不会为你说得太多，因为我们的姑妈那么愚蠢地再次结婚——好了——我敢说你会有一场愉快的舞会。下一个转弯就会把我们带到收费公路①。你也许能看到树篱那边的教堂尖塔，'怀特·哈德'就在旁边——我会很想知道你怎么看待汤姆·马斯格雷夫。"

在她们穿过收费公路，进入小镇的石子路前，这是爱玛听见的沃森小姐最后的声音——颠簸和噪声使得继续谈话极不可取——老马步履沉重，无需缰绳的指引就能正确转弯，只犯了一个错误，在他们接近爱德华兹先生的大门时，打算停在米伦店②。

爱德华兹先生住在街上最好的房子里，也是这个镇上最好的房子，假如允许银行家汤姆林森先生称他在镇子尽头新建的一座有灌木林和通路③的房子是在乡下。爱德华兹先生的房子比大多数邻居的房子更高，门的两边各有四扇窗户④，窗户被柱子和铁

---

① 最初由私人修缮，向过路马车征收费用的状况较好的道路。这种做法始于 17 世纪晚期，到 18 世纪晚期大有改进，方便并促进了出行。
② 原文为"Milleners"，名称源自意大利的时尚之地米兰（Milan），是女性购买漂亮衣服和帽子的地方。
③ 通往门前，供马车行走停靠的一段路。
④ 当时玻璃价格昂贵且征收高额"窗户税"，因此窗户是财富地位的象征。

链保护着，要沿着几级石头台阶走到门前。

"我们到了，"马车停下时伊丽莎白说，"平安到达。从市场的大钟看来，我们过来只用了三十五分钟。**我**认为这非常不错，虽然对佩内洛普来说不值一提。这难道不是个漂亮的小镇吗？你看爱德华兹家有座高贵的房子，他们过得很时髦。告诉你吧，门会被一个身穿号衣头上扑着发粉的仆人①打开。"

爱玛只有一天上午在斯坦顿见过爱德华兹一家，所以他们对她来说全都只是陌生人。虽然对这期待中的愉快夜晚，她的心情绝非无动于衷，但她想到即将发生的一切时，却感到有些不安。她和伊丽莎白关于她自己家人的谈话也给了她一些很不愉快的感受，使她更容易由于其他任何原因产生不好的印象，同时让她对浅浅相识后的快速亲密更觉尴尬。

爱德华兹太太和小姐的举止完全不可能立即改变这些想法——这位母亲虽然是个很和蔼的女人，却神情矜持，非常郑重其事。那位女儿是个看似很有教养的二十二岁女孩，用纸卷着头发②，似乎自然而言就得到了把她带大的母亲的一些时髦品位。

因为伊丽莎白只得赶紧离开，爱玛很快被留下来了解他们究竟怎样——在房子的主人来到他们这儿前的半个小时里，几句关于舞会将会精彩的极其怠倦的话语，是她们说出的全部。爱德华兹先生看似比家中的女士更加随和，更爱交流。他刚从街上回来，随时准备说出别人可能感兴趣的任何事——在热情地接待了爱玛后，他转向他女儿说道："嗯，玛丽，我给你带来了好消

---

① 主人财富地位的象征。
② 当时的一种时尚。

息——奥斯本一家今晚肯定来参加舞会——有人从'怀特·哈德'预定了两辆马车需要的马匹，九点前送到奥斯本城堡。""我很高兴，"爱德华兹太太说，"因为他们的到来会给我们的舞会增添光彩。人们知道奥斯本一家来参加了第一场舞会后，将带来更多的人参加第二场舞会。这超出了他们的应得，因为事实上他们完全不会增加舞会的快乐。他们来得太晚，又走得太早——但大人物总有他们的魅力。"爱德华兹先生接着说起别的许多小道消息，都是他从上午的公共休息厅得来。他们聊得更加轻松，直到爱德华兹太太该去更衣，年轻小姐们也被小心提醒要抓紧时间。

爱玛被领进一间很舒适的屋子。十分客气的爱德华兹太太刚能把她独自留下，愉快的事情，幸福的第一场舞会，开始了——女孩们以某些方式共同打扮了一番，不可避免地变得更加熟悉。爱玛发现爱德华兹小姐很有理智，有着谦逊质朴的心灵，非常乐于助人——当她们回到客厅时，爱德华兹太太正坐在那儿，得体地穿着整个冬天都陪伴着她的两件绸缎长裙中的某一件，戴着在米伦店买的一顶新帽子。她们进入比离开时的心情轻松得多，脸上也带着更自然的笑容。

现在要检查她们的服饰了。爱德华兹太太承认自己过于老套，无论在怎样的鼓励下都不肯穿上任何现代的奢华衣服。虽然她得意地看着女儿漂亮的样子，却只愿稍加赞赏。爱德华兹先生对玛丽感到同样满意，却冷落她而夸赞了爱玛，并好意向她献上了殷勤。

这番讨论带来了更亲密的话语，爱德华兹小姐温柔地询问爱玛人们是否常常觉得她像她最小的哥哥。爱玛觉得她能感到这个问题伴随着轻微的脸红，而爱德华兹先生接过这个话题的样子更令人生疑——"我想玛丽，你的话并非对爱玛小姐很大的恭维，"他很快说道，"山姆·沃森先生是很好的那种年轻人，我敢说也是非常聪明的医生，但他因为在各种天气四处奔波，肤色粗糙黝黑，因而和他相似算不上很大的恭维。"玛丽道了歉，神情有些困惑。"她①本来没想到相似度和不同的漂亮程度有任何冲突——也许表情有些相像；在肤色，甚至五官上，都很不相同。"

"我对我哥哥的漂亮一无所知，"爱玛说，"因为我自从他七岁起就没见过他——但我父亲认为我们很像。""沃森先生！"爱德华兹先生叫道，"哦，你让我惊讶——完全没有一点相似；你哥哥的眼睛是灰色，你的是棕色；他是长脸，宽阔的嘴巴-我亲爱的，**你是否觉得完全不像？**""一点不像——爱玛·沃森小姐很容易让我想到她长姐，有时我能看出佩内洛普小姐的一些神情——有一两次她让我想到罗伯特先生——但我完全看不出和塞缪尔②的任何相似之处。""我看出她和沃森小姐的相似，"爱德华兹先生答道，"非常相似——但我不觉得和别人相像——我认为她**除了像沃森小姐外**，和其他任何家人都不像。但我非常确定她和山姆毫无相似之处。"

这件事得以解决，他们去吃饭。"爱玛小姐，你父亲是我的一个老朋友，"当他们围着火炉吃点心时，爱德华兹先生帮她倒着葡萄酒说道，"我们必须祝他健康——请相信他身体竟然如此

---

① 此为"说书人"的语气。简·奥斯汀的小说有极强的戏剧性，通常会出现"说书人"的角色。
② 山姆（Sam）是塞缪尔（Samuel）的昵称。

虚弱让我非常担心——我还不认识比他打牌更出色的人；很少有人比他牌打得更好——他竟然被剥夺了这样的快乐实在太过可惜。因为我们现在有个安静的小惠斯特①俱乐部，在'怀特·哈德'每星期聚会三次。假如他能身体健康，该有多么喜欢！"

"我敢说他会喜欢的，先生——我真心希望他能够参加。"

"你们的俱乐部会更加适合体弱的人，"爱德华兹太太说道，"如果你们不玩得这么晚。"——这是很久以来的抱怨。

"这么晚，我亲爱的，你在说什么？"她丈夫兴致勃勃地叫道，"我们总在午夜前就回到家。他们会愿意嘲笑奥斯本城堡，只为听你说起**那**很晚。他们午夜时才刚刚吃完饭②。"

"那毫无意义，"太太冷静地反驳道，"奥斯本一家绝非我们的规则。你们最好每晚聚会，早两个小时散场。"

到目前为止，这个话题常被提起——但爱德华兹夫妇非常明智，从不超出那一点。爱德华兹先生此时转到别的话题——他在镇上懒散地生活了太长时间，变得有些爱说闲话。他有些急于了解来到他身边的这位年轻客人更多的情况，便开始说道："爱玛小姐，我想我对你姑妈大约三十年前的样子记忆深刻。我非常确信我在巴斯的旧舞厅里和她跳过舞，在我结婚前的那年。她那时是个特别漂亮的女人——但和别人一样，我想她现在已经变老了一些——我希望她从第二次选择中也能得到幸福。"

---

① 原文为"whist"，当时流行的一种牌戏。
② 在简·奥斯汀的时代，人们通常一天吃两顿饭，早餐在上午 9 点至 10 点，晚餐/正餐（dinner）的时间会有很大的差别，通常穷人较早，甚至下午三点就开始吃饭，而时髦的有钱人可能在下午 6:30 左右吃饭甚至更晚。晚餐后常会有夜宵（supper）和茶点（tea）。

"我希望如此，我相信如此，先生。"爱玛有些激动地说。

"特纳先生去世不太久吧，我想？"

"大约两年，先生。"

"我忘了她现在姓什么。"

"奥布赖恩。"

"爱尔兰人！啊！我想起来了——她要搬到爱尔兰去——爱玛小姐，你竟然不想和她一起去**那个**国家我并不惊讶——但这对她而言一定是巨大的损失，可怜的女人！——在她把你当作自己的孩子养大之后。"

"我并非如此忘恩负义，先生，"爱玛热切地说道，"会希望去任何地方，而非陪伴她——这对他们不合适，奥布赖恩上尉不想让我和他们在一起。"

"上尉！"爱德华兹太太重复道，"那么，这位先生在军队？"

"是的，太太。"

"啊——谁也不及那些军官更能迷住女人——无论年轻或年老——帽章让人无法拒绝，我亲爱的。"

"我希望能够做到。"爱德华兹太太严肃地说，迅速地瞥她女儿一眼。

爱玛刚从她本人不安的心情中恢复，刚好看见爱德华兹小姐脸上的红晕。她想起伊丽莎白说起的亨特上尉，为他和她哥哥的影响力感到好奇又摇摆不定。

"年长的女士应该当心怎样做出第二次选择。"爱德华兹先生说。

"小心——慎重——不该仅限于年长的女士，或第二次选择，"他妻子补充道，"这些对年轻小姐非常重要，在她们做第一次——"

"更加重要，我亲爱的，"他答道，"因为年轻小姐可能对其影响感受得更久。当一位老太太做了傻瓜时，因为自然的力量，她不用因此而痛苦许多年。"

爱玛用手捂住眼睛——爱德华兹太太看到了，便改成让所有人都不那么焦虑的话题。

因为无事可做，只能等待离开的时候，下午对两位年轻小姐十分漫长。虽然爱德华兹小姐因为她母亲总是决定很早离开十分不安，那个很早的时间本身也让人等得有些心焦。七点时端上的茶点带来了一些轻松——幸运的是爱德华兹夫妇总要喝些特别的酒，在他们深夜不睡的日子多吃一个松饼，几乎把这个仪式延长到期待的时刻。

快到八点时听见汤姆林森家的马车路过，这一直是爱德华兹太太吩咐她的马车来到门口的信号。短短几分钟后，一群人被从安静又舒适温暖的客厅，转移到一个客栈喧嚣吵闹、通风良好的宽敞过道。

爱德华兹太太小心翼翼地守护着自己的衣服，扯住年轻侍者的肩膀脖子以保证安全，登上宽阔的楼梯。跟在她身后的人除了小提琴发出的第一阵声响，还没听见舞会的声音。爱德华兹小姐急切地询问是否来了许多人，侍者的回答她也本该知道："汤姆林森一家在里面。"他们穿过一条短短的走廊进入舞厅，眼前灯火辉煌。一位身穿晨服和靴子的年轻人靠近他们，他站在一间卧室门口，显然特意看着他们经过。

"啊！爱德华兹太太——你好吗？——你好吗爱德华兹小姐？"他叫道，一脸轻松的神色，"你决意挑个好时间，我看出来了，和平时一样——蜡烛此时刚刚点上。"

"我喜欢在火炉旁找个好位置，你知道的，马斯格雷夫先生。"爱德华兹太太答道。

"我现在要去更衣了，"他说，"我在等我的傻同伴——我们要举行一场出色的舞会。你尽可相信**那一点**，因为我今天上午和奥斯本勋爵在一起。"

一行人继续前进——爱德华兹太太的绸缎长裙拖在舞厅干净的地板上，直到火炉上方的位置。先前只有一群人正式入座，还有三四位军官聚在一起，在隔壁的牌室进进出出。随后是这些近邻们十分拘谨的见面。他们刚刚全部再次入座，爱玛就压低声音，显得郑重其事地对爱德华兹小姐说：

"那么，我们在走廊路过的那位绅士就是马斯格雷夫先生了？我听说他被看作一个极其令人喜爱的人？"

爱德华兹小姐犹豫地答道："是的——他受到许多人的喜爱——但**我们**关系不算密切。"

"他很有钱，不是吗？"

"我相信他每年有八九百英镑①——在他很年轻的时候，他就得到了这笔钱，我父母认为这让他变得很不安稳——他完全不被他们喜爱。"

屋里寒冷空旷的样子，以及屋子一侧一小群女人矜持的感觉

---

① 简·奥斯汀时代的年收入通常按照财产 4％—5％ 的利息计算，或世袭地产带来的收入。八九百英镑是可以供养仆人、马车的较为宽裕的收入。

很快消散；听见了令人振奋的其他马车声，看到肥胖的监护人①接连进入，一个个衣着漂亮的女孩被迎接进来。不时有位陌生的军官，就算没有满心爱恋地站在某位可人儿身边，似乎也很乐意溜进牌室——在不断增加的军人中，此时满脸真诚，朝爱德华兹小姐走过去的那一位向她的同伴明确表达了"我是亨特上尉"的信息——爱玛在这样的时刻忍不住看着她，见她似乎很苦恼，却绝非不悦，听他们约好跳前两支舞，让爱玛感到她的哥哥毫无希望。

此时此刻，爱玛本人并非没被观察，或未受仰慕——一张新鲜又漂亮的面孔，不可能被人忽视——她的名字在人们之间轻声传递着。乐队刚刚演奏一支最受喜爱的曲子作为信号，似乎在让这些年轻人和屋里的人们各就各位，这时她发觉自己在亨特上尉的介绍下，约好和另一位军官一起跳舞。

爱玛·沃森中等个头，发育良好且体态丰满，绽放出一种健康的活力——她的皮肤是深褐色②的，但清爽、柔滑、容光焕发——加上活泼的眼睛、甜美的笑容、开朗的神情，成为一种迷人的美貌，在熟悉之后的表情让她变得更美。

她没理由对自己的舞伴感到不满，舞会对她而言开始得非常愉快。她的感受和不断观察着她的别人完全相符：这是一场极棒的舞会。前两支舞还没彻底结束，在长长的中断后又听见了马车

---

① 年轻小姐须在父母或监护人的陪同下进入社交。
② 简·奥斯汀时代更欣赏白皙的皮肤，象征着养尊处优的地位，而非深色或日晒后的皮肤。奥斯汀在她的小说中创作了几位深色皮肤的漂亮女孩，比如《理智与情感》中的玛丽安·达什伍德和《曼斯菲尔德庄园》中的玛丽·克劳福德。

的声音，引起了众人的注意，"奥斯本一家来了，奥斯本一家来了"——是整间屋子里不停重复的话语。经过在外面几分钟的异常喧闹，和里面满心好奇的等待，这群重要人物，跟在殷勤备至的客栈主人后面，推开一扇从未关上的门，出现在众人面前。

这群人包括奥斯本夫人，她的儿子奥斯本勋爵，她的女儿奥斯本小姐；还有卡尔小姐，是她女儿的朋友；霍华德先生，曾是奥斯本勋爵的老师，如今是城堡所在教区的牧师；布莱克太太是和他一起生活的寡姐，还有她的儿子，一个漂亮的十岁小男孩，以及汤姆·马斯格雷夫先生；他一直困在自己的房间里，也许过去的半个小时，都在痛苦又焦急地听着音乐声。

他们走进屋子时，几乎就停在爱玛后面，等待着某个熟人的问候。她听见奥斯本夫人说他们特意早点过来，为了让布莱克太太的小男孩感到满意，他特别喜欢跳舞。他们走过时爱玛看着他们，但主要在兴致盎然地观察着汤姆·马斯格雷夫，他当然是个文雅又漂亮的年轻人。在女人当中，奥斯本夫人体态优雅得多——虽然年近五十，她却非常漂亮，有着符合身份的尊贵感。

奥斯本勋爵是个很英俊的年轻人；但他的神情有些冷淡，一些漫不经心，甚至有些笨拙，似乎让他和舞厅有点格格不入。他来实际上只因为这能让教区居民感到高兴——他不喜欢女人的陪伴，从不跳舞。霍华德先生是个神情和悦的男人，刚过三十岁。

两支舞结束后，爱玛不知不觉地，发现自己坐在奥斯本一行人中间。她立即被小男孩漂亮的面容和活泼的举止打动，因为他正站在他母亲面前，想着何时能够开始跳舞。"你不会对查尔斯的不耐烦感到奇怪，"布莱克太太是个看起来活泼愉快的小个子女人，大约三十五六岁，她对站在她身旁的一位女士说道，"当你知道他会有怎样的舞伴时。奥斯本小姐已经好心答应和他跳前两支舞。""哦，是的。我们这个星期约好的，"男孩叫道，"我们要超过每一对舞伴。"

在爱玛的另一边，奥斯本小姐、卡尔小姐和一群年轻人站在一起，正热烈地交谈着。很快她看见他们当中最漂亮的军官走到乐队告知舞曲，而奥斯本小姐从她面前走过，来到她充满期待的小舞伴面前匆忙说道："查尔斯，请原谅我不能遵守我们的承诺，但我想和贝雷斯福德上校跳前两支舞。我知道你会原谅我，喝完茶后我一定会和你跳舞。"她没有等待答复，便再次转向卡尔小姐，下一分钟就在贝雷斯福德上校的带领下开始跳舞。如果说这个小男孩的脸在开心的时候让爱玛感到有趣①，在这突然的转变时更加如此——他满脸失望地站着，面颊通红，嘴唇颤抖，眼睛盯着地上。她的母亲抑制着自己的屈辱，试着以奥斯本小姐的第二次承诺平息他的屈辱——尽管他带着孩子气的勇敢努力叫出了"哦！我不在意"——但从他脸上烦乱不已的表情看来，他显然和之前一样在意。

爱玛没有考虑，没有思索——她感受到了并付诸行动——"我会很高兴和你一起跳舞，先生，如果你愿意。"她说着，极其真诚愉悦地伸出她的手——男孩一瞬间恢复了他起初所有的快乐，高兴地看着他母亲。他走上前来，恳切天真地说了句"谢谢你，小姐"，便立即欣然来到他的新朋友面前。布莱克太太更是

---

① 原文为"interesting"，指令人喜爱或疼爱的感觉。

满心感激——她的神情完全表达了意外的喜悦和强烈的谢意。她转向身旁，为对她孩子如此充满善意又和蔼可亲的做法一再表示热切的感激之情。爱玛真心诚意地让她相信，她给予的快乐远不及她本人感受的快乐。查尔斯得到他的手套并要求戴上，他们加入正在快速形成的舞列，几乎感到同样满意。

这样的舞伴不可能不让人看得十分惊讶。这让奥斯本小姐和卡尔小姐跳舞经过他们时，使劲瞪了她一眼。"说实话，查尔斯你很幸运，"前者转向他时说道，"你得到了一个比我好得多的舞伴"——对此快乐的查尔斯答道"是的"。汤姆·马斯格雷夫正和卡尔小姐跳舞，好奇地瞥了她许多眼。过了一会儿奥斯本勋爵本人来了，假装和查尔斯说话，站在那儿看着他的舞伴。虽然对这样的观察感到恼火，爱玛却无法后悔她做的事。这让小男孩和他母亲都特别快乐，后者不断寻找机会，彬彬有礼地和她说话。

她发现，她的小舞伴虽然一心想要跳舞，但当她的问题或评论能让他有话可说时，他并非不愿说话。她从某些必须的提问中，得知他有两个弟弟和一个妹妹，他们和妈妈全都同他的舅舅住在维克斯特德；得知他舅舅教他拉丁语，知道他的舅舅很爱骑马，自己有一匹马，是奥斯本勋爵送的；还知道他已经有一次带着奥斯本勋爵的猎犬出去狩猎。

跳完舞后，爱玛发现他们要去喝茶——爱德华兹小姐提醒她待在身旁，那种态度让她相信，爱德华兹太太认为当她们一起进入茶室时，很有必要让她们两人都在她身边；因此爱玛小心地待在自己适当的位置。

聚在一起吃茶点时，人们之间有些喧闹和拥挤总会令人愉快。茶室是牌室里面的一间小屋，在穿过茶室时，走廊因为牌桌变得狭窄，爱德华兹太太和她的同伴有一会儿被困住了。这就发生在奥斯本夫人的卡西诺①桌旁；在桌上打牌的霍华德先生告诉了他外甥。爱玛发现她本人成为奥斯本夫人和他的关注对象，及时转过脸去，看似刚好没听见她的小舞伴愉快的高声叫喊："哦！舅舅，一定要看看我的舞伴，她那么漂亮！"不过因为她们立即又挪动起来，查尔斯匆忙离开，没听见他舅舅赞同的话语。

　　茶室里准备了两张长长的桌子。刚走进去，就能看见奥斯本勋爵几乎独自坐在一张桌子的尽头，似乎想尽量远离舞会，享受自己的思考，并且无拘无束地瞪着眼睛发呆。查尔斯立刻把他指给爱玛看："奥斯本勋爵在那儿——让我们坐到他身旁吧。"——"不，不，"爱玛笑着说，"你必须坐在我朋友身边。"

　　查尔斯现在已经足够轻松，能转而大胆地提出几个问题。"几点了？"——"十一点。"——"十一点！——我一点都不困。妈妈说我应该在十点前睡觉——你认为奥斯本小姐会遵守和我的约定吗？等喝完茶后。""哦！是的——我想是的"——尽管除了奥斯本小姐之前**没有**遵守约定外，她给不出更好的理由——"你何时会来奥斯本城堡？"——"永远不会，也许——我和这个家庭不熟悉。""但你也许会来维克斯特德看妈妈，她能带你去城堡——那儿有个特别好玩的毛绒狐狸，还有一只獾——谁都会以为它们是活的。真可惜你见不到它们。"

　　起身喝茶时，再次出现了为第一个走出屋子的快乐而产生的

---

① 原文为"cassino"，指一种两至四人玩的纸牌戏。

拥挤，这碰巧因为一两群打牌的人刚刚散场，而他们正准备往相反的方向走而更加混乱。在这些人中间有霍华德先生——他姐姐倚着他的胳膊——他们刚走到爱玛身旁，布莱克太太就以友好的触碰引起她的注意，说道："我亲爱的沃森小姐，你对查尔斯的好意，让他全家人都喜欢上你。请允许我介绍我弟弟。"——爱玛行了屈膝礼，先生鞠了一躬——匆忙请求有幸和她跳下面的两支舞，得到同样匆忙的同意，紧接着只得反向而行。

爱玛对这个情形非常高兴——霍华德先生有着安静愉悦的绅士风度，她很喜欢——几分钟后，她的舞约变得更有价值。那时她坐在牌室里，有点被门遮挡，听见闲坐在她附近一张空桌子旁的奥斯本勋爵叫汤姆·马斯格雷夫过去，说道："你为何不和那位漂亮的爱玛·沃森跳舞呢？——我想让你和她跳舞——我会过来站在你身边。"

"我此时刚做了决定，尊敬的阁下。我会请人介绍，马上和她跳舞。"

"哦，去吧——如果你发现她不喜欢多说话，你也能顺便把她介绍给我。"

"很好，尊敬的阁下。如果她像她的姐姐们，她会一心想要说话——我现在就去。我会在茶室见到她。那个古板的老爱德华兹太太永远都喝不完茶。"

他走了，奥斯本勋爵跟在他身后。爱玛赶紧从她的角落里出来，朝着相反的方向走去，忘记匆忙之中她把爱德华兹太太落在身后。

"我们差点跟不上你，"爱德华兹太太说，她不到五分钟就随着玛丽跟上了她，"如果你对这间屋子比另一间更喜欢，你没理由不能待在这儿，但我们最好全都在一起。"与此同时，汤姆·马斯格雷夫来到她们身边，免去爱玛道歉的麻烦。他大声请求爱德华兹太太帮忙把他介绍给爱玛·沃森小姐，让那位好心的老夫人对这件事别无选择，只能以她冷淡的态度证明她做得不情不愿。有幸和她跳舞的请求被即刻发出——爱玛也许无论多想被勋爵或普通人视为一个漂亮女孩，却完全不想接受汤姆·马斯格雷夫本人的邀请，便极其满意地声称她已有约定。

他显然感到吃惊又不安——她上一个舞伴的风格也许让他相信她不可能得到太多邀请——"我的小朋友查尔斯·布莱克，"他叫道，"绝对不能期待整个晚上都霸占你。我们绝不能忍受这一点——这违背了舞会的规则——我相信我这儿的好朋友爱德华兹太太也绝不允许。她对礼仪讲究至极，绝不会允许如此危险的偏爱。""先生，我没打算和布莱克先生跳。"

这位先生有些慌乱，只能希望下次他也许会幸运些——似乎不情愿离开她，尽管他的朋友奥斯本勋爵在门口等待结果，爱玛有些好笑地看出了这一点。他开始礼貌地问候她的家人："我们今晚为何见不到你姐姐呢？——我们的舞会一直很被她们看重，让我们不知该怎样接受这样的忽略。"

"只有我大姐在家！——她不能离开我父亲。"

"只有沃森小姐在家！——你让我吃惊！——我似乎前天才看见她们三人都在镇上。可我担心我近来是个很可悲的邻居。我无论走到哪儿都能听见对我疏忽的可怕抱怨，我承认我来到斯坦顿的时间长得令人羞愧——但我**现在**会努力为过去做出弥补。"

爱玛冷淡礼貌的回答一定令他吃惊，因为这太不像他习惯于从她姐姐那儿得到的热情鼓励，也许让他产生了怀疑自己影响力的新鲜感受，并且希望得到她的更多关注。

舞会这时重新开始。卡尔小姐迫不及待地宣布①，人人都被要求起身——看到霍华德先生上前拉住爱玛的手，汤姆·马斯格雷夫的好奇心得到了满足。"那样对我也不错，"这是他朋友带来消息时，奥斯本勋爵的评价。

两场舞中勋爵一直来到霍华德身旁——他不断出现在那儿，是跳舞中唯一让人不快的方面，她能对霍华德先生感到的唯一不满——对于他本人，她觉得他和看上去一样令人喜爱；虽然聊着最普通的话题，然而他表达想法的方式理智真诚，让他无论说出什么都值得倾听，她只遗憾他还没能让他学生的举止和他一样无可挑剔。两支舞似乎非常短暂，她的舞伴也证明的确如此。

结束后，奥斯本一家和他们的随从都走动起来。"我们终于要走了，"勋爵对汤姆说，"你准备在这个美妙的地方再待多久？——直到天亮？"

"不可能！我的阁下，我已经待够了。我向你保证——在我荣幸地送奥斯本夫人上了马车后，我不会再次出现在这儿。我会尽量悄悄退到这个房子最偏远的角落，在那儿要上一桶牡蛎，舒服极了。"

"让我很快在城堡见到你；告诉我她白天看上去怎样。"

爱玛和布莱克太太像老朋友一样道了别，查尔斯至少十几次

---

① 舞会由领舞的女士宣布开始并挑选乐曲，由她的舞伴将曲目告诉乐师。舞会刚开始是由爱德华兹小姐领舞。

握着她的手祝她晚安。奥斯本小姐和卡尔小姐路过她时，她从她们那儿得到了有些调侃的屈膝礼；甚至奥斯本夫人也满意地看了她一眼——勋爵实际上在别人都离开屋子后回来了，"请她原谅"，在她身后的靠窗座位寻找显然捏在他手里的手套。

因为没再见到汤姆·马斯格雷夫，我们暂且认为他的计划已经成功，想象他无比屈辱地在他的那桶牡蛎旁感受着痛苦的孤独——或愉快地帮助酒吧女主人为上面快乐的跳舞者制作新鲜的尼格斯酒①。

爱玛忍不住想念这群人。她虽然以某些不太令人愉快的方式被他们关注，而且随后结束舞会的两支舞相比前面的而言十分平淡——爱德华兹先生得到了好运气，他们是屋子里停留最晚的一些人。

"我们又回到这儿了，天啊。"——爱玛走进客厅时伤心地说。那儿的桌子已经准备好，整洁的上等女仆正在点蜡烛——"我亲爱的爱德华兹小姐，结束得多快呀！——我希望这都能再来一遍。"

众人都为她如此享受这个夜晚表达了许多善意的快乐，爱德华兹先生和她本人一样激动，夸赞着舞会宾客众多，灯火辉煌。他热情洋溢，尽管他整个时间都待在同一间屋子的同一张桌旁，只换了一把椅子，看似几乎没注意到这些——但他五局牌赢了四局，一切进展顺利。他的女儿喝着美味的汤，从紧随这些评论和回忆的话语中，感受到这种愉悦的心境带来的好处。

---

① 一种以波特酒或雪莉酒制成的热饮。

"你怎么没和两位汤姆林森先生中的任何一位跳舞呢，玛丽?"她母亲说道。

"他们邀请我时我总是约好了。"

"我原以为你会和詹姆斯先生跳，在最后两支舞时；汤姆林森太太告诉我他去邀请你了——我两分钟前还听你说你**没有**约好。"

"是的——可是——有个错误——我误会了——我不知道我已经约好——我以为是指后面的两支舞，如果我们能待那么久——但亨特上尉向我保证就是那两支。"

"所以你和亨特上尉跳了最后两支舞，玛丽，是吗?"她父亲说，"你开始和谁跳的?"

"亨特上尉。"她以很心虚的语气重复道。

"哼!——不过，那很常见。但你还和别的哪些人跳了舞?"

"诺顿先生和斯泰尔斯先生。"

"他们是谁?"

"诺顿先生是亨特上尉的表弟。"

"谁是斯泰尔斯先生?"

"他的一个特别的朋友。"

"全都在同一个军队里，"爱德华兹太太补充道，"玛丽整晚都被红外套包围着。我会更乐意看见她和我们的一些老邻居跳舞，我承认。"

"是的，是的，我们绝不能无视我们的老邻居。但如果这些士兵在舞厅里比别人的动作更敏捷，年轻小姐能怎么办呢?"

"我认为她们完全没必要事先约好这么多支舞，爱德华兹先生。"

"不——也许不——可是亲爱的，我记得你和我做过同样的事。"

爱德华兹太太没再多说，玛丽舒了口气。随后是许多轻松愉快的寒暄调侃——爱玛心情愉悦地上床睡觉，满脑子都是奥斯本一家、布莱克一家和霍华德一家。

第二天上午来了许多客人。这儿的人总在舞会的第二天上午拜访爱德华兹太太，此时这些邻居们更加乐意拜访，因为都对爱玛感到好奇，人人都想再看看昨晚被奥斯本勋爵仰慕的女孩。

在许多双眼睛的审视下，她得到了不同程度的赞许。一些人完全看不出缺点，另一些看不出丝毫美貌——在一些人看来，她棕色的皮肤掩盖了全部的优雅，其他人绝不相信她有伊丽莎白·沃森十年前一半的美貌。上午在接连不断的客人对舞会优点的讨论中很快过去——爱玛立刻惊诧地发现已经两点了，而她从未听见她父亲的马车声。这番发现后她曾两次走到窗前看着街道，正要请求摇铃询问情况，这时一阵马车轻盈地来到门口的声音让她放下心来。

她再次走到窗前——但没看见虽然方便却并不漂亮的家庭马车，而是见到一辆小巧的轻便马车[1]，随后仆人通报马斯格雷夫先生来了——爱德华兹太太听见后摆出最严厉的神情——然而他完全不为她冷淡的神情感到沮丧，带着十分得体的轻松自在，问候每一位女士，接着对爱玛说话，递给她一张便笺，这是他有

---

[1] 原文为"curricle"，一种轻型两轮敞篷马车，由两匹马拉。

幸从她姐姐那儿拿来的；但他必须说得由他本人口头加上一句附言。

这张便笺，在爱德华兹太太请爱玛不必客套**之前**她就已经开始阅读，来自伊丽莎白的短短几行字说明她们的父亲因为身体难得很好，突然决定参加当天的礼拜，因为他要去的地方离 R. 很远，她只有等到第二天上午才能回来，除非爱德华兹一家愿意送她，这几乎无法期待；或者她能有幸搭别人的车，或不介意走这么远的路。

她还没匆忙扫完全部内容，就发觉自己不得不听着汤姆·马斯格雷夫继续说话。"我十分钟前刚从沃森小姐漂亮的手中接过那张便笺，"他说，"我在斯坦顿村遇见她，我的幸运之星催促我驶向那儿——她那时正在寻找能帮她做这件事的人，我足够幸运地让她相信她找不到比我本人更情愿或更敏捷的信使。记住，我可没说我没有私心——我的回报将是允许我用自己的马车送你回斯坦顿——虽然这些没写下来，但我带来了你姐姐同样的口信。"

爱玛感到苦恼，她不喜欢这个提议——她不希望和这个提议者亲密相处——然而，她又害怕麻烦爱德华兹一家，同时希望自己能够回家，不知该怎样彻底拒绝他的提议——爱德华兹太太继续沉默着，也许还没明白这件事，或等着看看这位年轻小姐有何意愿。爱玛感谢了他——但承认自己很不情愿给他带来那么多麻烦。"这个麻烦当然也是荣幸、快乐、愉悦。不然他和他的马儿该做什么呢?"——可她依然犹豫着。"她相信她必须冒昧地拒绝他的帮助——她很害怕这种马车。这完全没超出步行距离。"

爱德华兹太太不再沉默。她询问了具体情况——接着说道：

"爱玛小姐，如果你愿意陪我们到明天，我们会非常高兴——但如果这样对你不方便，我们的马车可以送你，玛丽会很高兴有机会见到你姐姐。"

这正如爱玛所愿，她感激不尽地接受了这个提议；承认因为伊丽莎白独自在家，她希望回家吃饭——这个计划得到他们客人的强烈反对。

"我真的无法忍受。我绝不能被剥夺送你回家的快乐。你可以自己驾车。**你姐姐们都知道这些马儿有多安静**；她们谁都不会对乘坐我的马车有一丝顾虑，即使在跑道上——相信我"，他又压低了声音说，"**你很安全——危险只属于我**。"所有这些都不能让爱玛更愿赞同。"至于在舞会的第二天就要使用爱德华兹太太的马车，我向你保证这从来没发生过——从未听说——老马车夫的脸会黑得像他的马儿。不是吗，爱德华兹小姐?"——没人注意。女士们沉默又坚定，先生发觉自己只得服从。

"我们昨晚的舞会太棒了!"短暂沉默后他叫道，"在我和奥斯本一家离开后，你们还玩了多久?"

"我们又跳了两支舞。"

"我想这会弄得过于疲惫，待到那么晚——我想人数不太多了。"

"不，和之前一样多，除了奥斯本一家。似乎完全没有空缺——人人都兴致勃勃地跳到最后。"爱玛说了这些，虽然有点违心。

"真的吗! 也许我应该回来看看，如果我知道会这样——因为我其实更想跳舞——奥斯本小姐是个迷人的女孩，不是吗?"

"我觉得她不漂亮。"爱玛答道，这些话主要是对她说的。

"也许她并不特别漂亮，但她的举止令人喜爱。范尼·卡尔小姐是非常有趣的小人儿。你想象不出更**单纯**或**辛辣**的人；你觉得**奥斯本勋爵**怎么样，沃森小姐？"

"他会很英俊，即使他**并非**勋爵——或许也会——更有教养；更有心取悦，在适当的地方显得更高兴些。"

"说实话，你对我的朋友很苛刻！——我向你保证奥斯本勋爵是个很好的人。"

"我没有否认他的优点——但我不喜欢他满不在乎的神情。"

"假如这不违背信任，"汤姆带着郑重的神情说，"我也许能为可怜的奥斯本赢得更好的印象。"爱玛没给他鼓励，他只得保守他朋友的秘密——他也必须结束他的拜访，因为爱德华兹太太已经派来了她的马车，爱玛必须一刻不停地开始准备。爱德华兹小姐陪她回家，但因为是斯坦顿的晚餐时间，只陪了她们几分钟。

"现在，我亲爱的爱玛，"她们刚独自待在一起时沃森小姐就说道，"你必须在今天剩下的时间全都和我说话，一刻不停，否则我就不会感到满意。但首先南妮会端来晚餐。可怜的人儿！——你今天吃不上昨天那样的晚餐，因为我们只有一些煎牛肉——玛丽·爱德华兹穿着她的新皮衣多漂亮！——现在告诉我你有多喜欢他们所有人，我能对山姆说些什么。我已经开始写信，杰克·斯托克斯明天来取，因为他叔叔第二天要去离吉尔福德不到一英里的地方。"

南妮端来晚餐——"我们来照顾自己，"伊丽莎白接着说道，

"这样我们就不会浪费时间——那么你不愿和汤姆·马斯格雷夫一起回来?"

"是的。你说了他那么多缺点,我既不想麻烦他,也不接受乘坐他的马车必然带来的亲密。我甚至不喜欢这种看似的亲密。"

"你做得很对,虽然你的忍耐力让我惊奇,我认为我本人做不到——他似乎那么想接你,让我无法说不,尽管我真的不想让你们两人来到一起,因为我太清楚他的把戏——但我的确很想见你,而这是让你回家的巧妙办法。除此之外,也无法做得更好——谁也想不到爱德华兹一家能让你用他们的马车——在马儿等到那么晚之后——可是我该和山姆说什么呢?"

"如果你按照我的意思,你不会鼓励他想着爱德华兹小姐——那位父亲坚决反对他,母亲对他毫不喜爱,我也怀疑玛丽对他有任何兴趣。她和亨特上尉跳了两次舞,我想总的来说尽她所能给了他许多鼓励,还有她身处的环境——她有一次提到山姆,当然有些困惑——但那也许只是因为知道他喜欢她,这很有可能被她得知——"

"哦! 天啊,是的——她听我们所有人说了足够那样的话。可怜的山姆!——他和别人一样都很不幸——我发誓,爱玛,我总是忍不住同情那些为情所困的人——好了——从现在开始把发生的一切都说给我听吧。"

爱玛答应了——伊丽莎白听着,难得打断,直到她听见霍华德先生作为舞伴:"和霍华德先生跳舞。天啊! 你没这么说吧! 哎呀——他真是最英俊最气派的人——你没发现他很高吗?"

"他的举止比汤姆·马斯格罗夫让**我**感到更从容自信。"

"好了——继续。要是和奥斯本那群人中的任何一个有关，都会吓得我灵魂出窍。"

爱玛完成了她的讲述。

"那么，你真的完全没和汤姆·马斯格雷夫跳舞——但你一定喜欢他，你一定总的来说为他动心？"

"我**不**喜欢他，伊丽莎白。我承认他的相貌风度都不错——举止也可以——他的话语很——让人喜欢——但我看不出他有别的令人仰慕之处——相反，他似乎非常自负、非常傲慢，渴望出众到荒唐的地步。他想方设法做到这一点的方式完全令人鄙夷——他某些荒谬的样子让我觉得可笑——但和他做伴没给我其他令人愉悦的感受。"

"我最亲爱的爱玛！——世界上没有像你这样的人——幸好玛格丽特不在这儿——你没惹恼**我**，尽管我几乎不知该怎样相信你。但玛格丽特永远不会原谅这样的话。"

"我希望玛格丽特听见他承认他不知道她离开了村子；他宣称他似乎两天前还见到了她。"

"对——他就是那样。然而就是这个人，她**愿意**想象他疯狂地爱上了她——他绝非我的最爱，你很清楚，爱玛——但你必须认为他令人喜爱。你能把手放在你的心上，说你不是吗?"

"我当然能，用两只手，最大程度地摊开。"

"我想知道你**的确**觉得讨人喜欢的人。"

"他的名字叫霍华德。"

"霍华德！天啊，说起**他**，我只能想到他和奥斯本夫人打牌，一副骄傲的样子——不过，我必须承认，这**确实**让我放心，发现你能以这种方式说起汤姆·马斯格雷夫；我在心里的确担忧你会太喜欢他。你之前说得那么坚定，让我悲哀地担心你的夸口将受到惩罚——我只希望这种情形能够延续——希望他不会过来对你大献殷勤；让一个女人抵制男人的殷勤很不容易，当他决意想取悦她时。"

在她们安静友好的简单晚餐结束后，沃森小姐忍不住说起时间过得真愉快。"对我来说真是特别开心，"她说，"让一切进行得安静和悦。谁都不知道我有多么厌恶争吵。现在，虽然我们除了煎牛肉一无所有，但一切似乎多么美好——我希望每个人都能和你一样那么容易满足——但可怜的玛格丽特非常暴躁，而佩内洛普承认她宁愿一直争吵也胜过不言不语。"

沃森先生晚上回家，一天的辛劳没让他身体变差，因而他对做过的事情感到高兴，并乐意在他自己的火炉旁谈论它。爱玛没有预料在这次探访中能有让她本人感兴趣的话题——但她听说霍华德先生作为牧师，给他们做了出色的布道时，她忍不住听得更加专心。

"我觉得从未听过更令我满意的演讲，"沃森先生继续说道，"或有哪次讲述得更好——他读得特别流畅，以极其得体且令人赞叹的方式；与此同时完全没有夸张的表情或狂热——我承认，我不喜欢牧师过多的手势——我不喜欢刻意的做作和矫揉造作的抑扬顿挫，很受喜爱与仰慕的牧师通常都是这样——简单的演讲更能激发虔诚之心，展现更加出色的品位——霍华德先生朗读的样子像个学者和绅士。"

"你晚餐吃了什么，先生？"他的大女儿说。

他说起菜肴，以及他自己吃了什么。"总而言之，"他又说道，"我过了很愉快的一天；我的老朋友们很惊讶地看到我出现在他们中间——我必须说每个人都非常关心我，似乎同情我身体虚弱——他们让我坐在火炉旁，因为鹬鸪堆得很高，理查兹博士让人把它们放到了桌子的另一端，以免惹恼沃森先生——我认为他这样做很好意——但最让我喜欢的是霍华德先生的关心——我们吃饭的屋子里有一段很陡峭的楼梯——我痛风的脚不好走——霍华德先生从下到上一直走在我身边，让我挽着他的胳膊——一个非常年轻的人这样的做法让我感到十分得体，但我相信我无权期待，因为我从来没有见过他——顺便说一下，他问候了我的一个女儿，可我不知道是哪一个，我想你们自己清楚。"

* * *

舞会后的第三天，三点差五分钟时，正当南妮打算忙乱地端着托盘刀具进入客厅，她忽然听见像是马鞭发出的清脆噼啪声，便赶到前门——虽然沃森小姐叫她别让任何人进来，她却在半分钟后再次过去，满脸尴尬诧异，为奥斯本勋爵和汤姆·马斯格雷夫打开了客厅的门。

年轻小姐们的尴尬可想而知。在那样的时候任何客人都不受欢迎；但像这样的客人——至少像奥斯本勋爵这样一位客人，一个出身高贵的陌生人，的确令人沮丧——他本人看起来也有些尴尬，因为，在被他轻松健谈的朋友介绍时，他咕哝了一些有幸看望沃森先生的话——尽管爱玛只能把这次来访的恭维归结于她自己，她却完全不开心。她感觉到这样一位熟人和他们必须身处的粗陋环境之间极度的不协调。她曾在姑妈的家里习惯于各种优雅的生活物品，非常清楚此时家中必然会让富人们嘲笑的一切——伊丽莎白对这种痛苦的感觉知之甚少；她简单的头脑或更公正的思考让她免受了这番屈辱——尽管她因为一贯的自卑而退缩，却没有感到特别的羞愧。

先生们已经从南妮那儿得知，沃森先生身体不好无法下楼。他们满心关切地坐下——奥斯本勋爵坐在爱玛身旁，马斯格雷夫先生为自己的重要性而兴高采烈，和伊丽莎白坐在火炉的另一边——**他**完全不缺话说；但奥斯本勋爵在希望爱玛舞会上没感冒后，他有一阵子无话可说，只能以偶尔瞥向他漂亮的邻居满足他的眼睛——但爱玛不愿为他的愉悦给自己太多麻烦。

经过努力思索后，他说今天天气很好，接着问道："你今天上午散步了吗？"

"没有，阁下，我们觉得太泥泞了。"

"你们应该穿上半筒靴。南京靴①，看上去很不错——你不喜欢半筒靴吗？"

"喜欢——但除非它们牢固到难看的地步，否则不适合在乡下散步。"

"小姐们在泥泞的天气应该骑马——你骑马吗？"

"不，阁下。"

"我奇怪为何并非每位小姐都骑马——女人骑在马上时最漂亮。"

"但并非每个女人都愿意骑马或能够骑马。"

---

① 原文为"nankin galoshed with black"，以中国南京命名的靴子，黑皮靴上面配黄色棉布。南京是这种靴子的最早出口地。

"如果她们知道这让她们有多好看，她们全都会愿意。我想沃森小姐——一旦她们愿意，很快就能做到。"

"阁下认为我们总能自行其是—— **那**是小姐和先生们始终想法不同的方面——但我不想假装做出决断，也许可以说某些情形即使**女人**也无法掌控——女性的节俭或许很有帮助，阁下，但这无法把一小笔收入变成一大笔。"

奥斯本勋爵沉默了。她的态度既不说教也不讽刺，但在这温柔的严肃，以及话语本身中，有某种东西让勋爵思考——当他再次和她说话时，态度非常得体，和他之前半是笨拙半是无畏的话语风格截然不同。

想要取悦一个女人对他而言是件新鲜事；这是他第一次感到处在爱玛境遇之中的女人应得的尊重——但因为他既不乏理智也不缺好的性情，他的感受并非毫无作用。

"你在这个乡下住得不久，我想，"他以绅士的口吻说道，"我希望你喜欢这儿。"

他得到了更亲切的回答，也终于看到她整张脸的模样。他不习惯过多说话，也喜欢想着她，便默默地又坐了几分钟。汤姆正和伊丽莎白说着话，直到南妮走过来打断了他们。她半开着门伸出了头，说道："请问小姐，主人想知道他什么时候可以吃饭？"

先生们至此为止都无视了各种表明即将吃饭的征兆，无论有多明确，这时跳起来连声道歉，与此同时伊丽莎白敏捷地叫南妮把禽肉端上——"我很遗憾会这样，"她又说道，愉快地转向马斯格雷夫，"但你知道我们吃饭很早。"汤姆无法为自己辩解，他很清楚。如此坦诚的质朴，如此不觉羞愧的情况反而令他困惑。

奥斯本勋爵的临别问候花了些时间。他想说话的意愿似乎因为拜访的短暂有所增加——他建议即使泥泞也要运动——再次夸赞半筒靴——请求也许能允许他妹妹告诉爱玛她鞋匠的名字——结束时说道："下个星期我的猎犬会来村里狩猎——我相信星期三九点钟它们会被扔进斯坦顿的树林——我说这些是希望你能有兴趣看看进展怎样——如果上午天气不错，但愿你们能亲自前来祝福我们。"

客人离开后，两姐妹惊诧地彼此相望。"这真是不可理喻的荣幸！"伊丽莎白最终叫道，"谁能想到奥斯本勋爵会来斯坦顿呢——他很英俊——但汤姆·马斯格雷夫完全胜出，是两人中更漂亮更时髦的人。我很高兴他没对我说任何话；我无论如何也不想和这样的大人物说话。汤姆很讨人喜欢，不是吗？——可你听到他刚进来时，问佩内洛普小姐和玛格丽特小姐去哪儿了吗？——这让我很不耐烦——但我很高兴南妮没铺桌布，看上去会太过寒碜——只有碟子倒无关紧要。"

要说爱玛没有因为奥斯本勋爵的来访感到得意，那是在宣称一件很不可能的事情，也在描述一位非常古怪的年轻小姐；可这番满足并非无法平息；他的到来是或许能满足她虚荣心的关注，但这不适合她的骄傲。她宁愿知道他想来拜访，而非擅自过来，宁可不在斯坦顿见到他——在别的不满情绪中，她曾想过为何霍华德先生不能有幸一同前来，陪伴他的主人——但她宁愿认为他不是对此一无所知，就是拒绝加入这虽然文雅却又无礼的事情。

沃森先生听说了发生的事情远非高兴——即刻的痛苦让他有些恼怒，完全不感到喜悦，只是答道："嗬！嗬！——奥斯本勋爵为何要来这儿？我在这儿住了十四年却从未得到这个家庭任何人的关注。这是那个闲散家伙玩的把戏，是汤姆·马斯格雷夫。我无法回访——**我**不愿回访，就算能去。"汤姆·马斯格雷夫再次被遇见时，被委托向奥斯本城堡表达歉意，理由显而易见，因为沃森先生身体虚弱。

这次拜访后一个星期或十来天安安静静地过去了，甚至没有出现半天的新情况，打断两姐妹平静真挚的谈话。两人在这样的谈话中彼此越发熟悉，也更加喜爱。

最早打破她们宁静的事情，是来自克罗伊登的一封信宣布玛格丽特即将返回，两三天后罗伯特夫妇将要来访，他们会带她回家，并想见见他们的爱玛妹妹。这让斯坦顿的两姐妹满心期待，至少让一个人忙忙碌碌——因为既然简曾是个财产丰厚的女人[①]，需要为招待她做大量的准备。又因为伊丽莎白打理家务始终好意有余办法不足，每个变化都让她忙碌不堪——十四年的分离让爱玛所有的哥哥姐姐都变成了陌生人，但在她对玛格丽特的期待中不只有这种尴尬的疏离感；她听到的事情让她害怕她返回；把这群人带到斯坦顿的那一天，在她看来似乎有可能终结这座房子里所有的安适。

罗伯特·沃森是克罗伊登的一个律师，干得很不错。他为此对自己很满意，也因为他娶了他曾经当书记员的一位律师的独生女，她有六千英镑的财产——罗伯特太太为她曾经拥有那六千英镑感到同样满意，也因为她如今在克罗伊登拥有一幢很漂亮的房

---

① 在简·奥斯汀时代，女人的财产在她结婚后会成为丈夫的合法财产。

子。她在那儿举办高雅的宴会，穿着漂亮的衣服——她的相貌并无特别之处；她的举止鲁莽而自负。

玛格丽特并非毫无姿色。她有纤细标致的身材，更是缺少得体的神情而非漂亮的五官——然而她脸上刻薄焦虑的表情让人通常感觉不到她的美丽——见到她长久离开的妹妹时，她像在每个需要表现的情形下一样，举止矫揉造作，声音温柔至极；在她决意取悦时，不断的微笑和缓慢的话语是她始终不变的方式。她此时"那么高兴见到亲爱的，亲爱的爱玛"，几乎有一分钟说不出话来——"我相信我们能成为好朋友，"当她们一起坐下时，她动情地说道。爱玛几乎不知该怎么回答这样的想法——而她说话的方式，她也无法试着和她匹配。

罗伯特·沃森太太带着更常见的好奇心和得意洋洋的同情感望着她——见面的这一刻她满心想着爱玛失去了姑妈的财产——她只能感到当个克罗伊登有财产的绅士的女儿，远比成为让自己远嫁爱尔兰上尉的一个老女人的侄女强得多。罗伯特一副漫不经心的客气模样，因为他成了一个有钱人和哥哥。他更专心地和邮差争执，痛斥邮费涨得过高，为可疑的半克朗[①]左思右想，而不是欢迎一个妹妹，她已经不可能再有任何让他想要打听的财产。

"你们穿过村子的道路糟透了，伊丽莎白，"他说道，"比以往更糟。天哪！要是我住在附近会起诉它。谁是现在的勘查员？"

好心的伊丽莎白深情问候了克罗伊登的小侄女，非常遗憾她没有来。

---

① 英国旧制货币。半克朗 = 2 先令 6 便士；1 先令 = 12 便士；1 英镑 = 20 先令；1 畿尼 = 21 先令。

"你真好，"她母亲答道，"我相信我们没带奥古斯塔过来她很难过。我被迫说我们只是去教堂，答应马上回去陪她——但你知道这样不行，要是不带上她的女仆一起来，我总是特别希望她得到很好的照料。"

"可爱的小宝贝！"玛格丽特叫道，"离开她几乎让我心碎。"

"那你为何急着从她身边跑开？"罗伯特太太叫道，"你是个讨厌醒龊的女孩——我这一路上都在和你争吵，不是吗？——我从未听说过这样的拜访！——你知道我多想让你们当中的哪一位和我们在一起——连续几个月——我很遗憾（带着机智的微笑）我们没能让克罗伊登在这个秋天讨人喜爱。"

"我最亲爱的简——别以你的嘲弄压倒我——你知道是怎样的诱惑让我回来——饶了我吧，我请求你——我完全不是你花言巧语的对手。"

"好了，我只请求你别让你的朋友们讨厌这个地方——也许爱玛愿意和我们回去住到圣诞节，如果你不插言的话。"

爱玛非常感激。

"我向你保证我们在克罗伊登有许多极好的同伴——我不常参加舞会，里面的人太混杂——但我们的晚会精致优雅——上个星期我在客厅里摆了七张桌子。你喜欢乡下吗？你觉得斯坦顿怎么样？"

"很不错。"爱玛答道，她想出一个有用的笼统答复——看出她的嫂子立刻对她感到鄙夷。罗伯特太太的确想着爱玛曾经在什罗普郡可能会有怎样的家，并且认定这位姑妈不可能有六千英镑。

"爱玛多么可爱!"玛格丽特以最无精打采的语气,对罗伯特太太耳语道。爱玛对这样的行为非常恼火。五分钟后,她听见玛格丽特以和之前截然不同的尖锐急促的语气,对伊丽莎白说:"佩内洛普去奇切斯特后你收到过她的信吗?——我那天收到了一封——我觉得她一无所获。我想她回来后会和离开前一样,还是'佩内洛普小姐'。"爱玛依然感到很不喜欢。她担心这将是玛格丽特平常的嗓音,在她本人出现的新鲜感消失之后。这个想法并不让那种矫揉造作的语气更受欢迎。

女士们被请到楼上为晚餐做些准备。"我希望你能发现一切还算舒适。"伊丽莎白打开备用卧室门时说道。

"我的好人儿,"她答道,"我请求你绝不要对我客气。我一直是那种随遇而安的人。我希望我能忍受一间小卧室两三个晚上,绝不添乱。我总是希望来看望你们时被当成家人对待——现在我的确希望你没给我们准备一顿丰盛的晚餐——记住,我们从来不吃夜宵。"

"我想,"玛格丽特立刻对爱玛说,"我会和你住在一起;伊丽莎白总会小心地独占一个房间。"

"不。伊丽莎白给了我她的半个房间。"

"哦!"——她的声音柔和下来,很是懊恼地发现她没被欺侮,"我很遗憾我不能愉快地和你们做伴——尤其因为独自一人会让我紧张。"

爱玛是第一个重回客厅的女人;进去时,她发现哥哥一个人在那儿。

"那么,爱玛,"他说,"你对这个家很陌生。让你出现在这儿一定看似很奇怪——你的特纳姑妈干的一件好事！——天哪！一定不能把钱交给女人。我总是说她应该在她丈夫刚去世时，给你留一笔钱。"

"但那就是把钱交给**我**了，"爱玛答道，"**我**也是女人。"

"也许能给你在将来使用，虽然你现在无权掌控①——这一定对你是多大的打击！——发现自己没有成为八千或九千英镑的继承人，却被送回成为家人的负担，身无分文——我希望那个老女人能因此受到惩罚。"

"别对她言语不敬——她对我很好。如果她做出了轻率的决定，她本人会因此承受更多痛苦，远超**我**能受的苦。"

"我并非有意让你难过，但你知道人人都一定认为她是个老傻瓜——我想特纳曾被看作一个极其理智聪明的男人——他怎会立下那样的遗嘱？"

"在我看来我姑父的理智完全不受怀疑，因为他对我姑妈的爱恋。她曾是他出色的妻子。最慷慨开明的大脑总会最轻信于人——这件事极其不幸，但我对姑父留下的回忆，因为相信他珍爱我的姑妈变得亲切。"

"那是很奇怪的谈话！他本来可以给他的寡妻很好的供养，只要别把他留下的所有财产，或任何一部分，留给她处置。"

"我姑妈也许犯了错，"爱玛激动地说，"她**已经**错了——但我姑父的做法无可指摘。我是她自己的侄女，他也给了她供养我

---

① 当时给未婚女子准备的财产由父母或监护人保管到她们结婚的那一天，然后变成丈夫的财产。妻子可以继承丈夫留下的财产。爱玛的姑妈再次结婚后，她的财产全部归第二任丈夫所有。

的权利。"

"但不幸的是她把供养你的快乐留给了你父亲，也没有了权利——那就是这件事的总体情况。她把你带离你的家庭那么久，必然消除了我们之间所有自然而然的感情，以优越的方式（我想）把你养大，你又身无分文地回到他们身边。"

"你知道，"爱玛忍住眼泪答道，"我姑父身体极差——他比父亲身体更弱。他无法离开家。"

"我没打算让你哭，"罗伯特说，语气缓和了很多——短暂停顿后，他换了个话题，又说道："我刚从父亲的房间过来，他似乎不好不坏。如果他死了会可悲地拆散这个家。可惜你们谁都没结婚！——你必须和别人一样来克罗伊登，看看你在那儿能做什么——我相信玛格丽特要是有一千或一千五百英镑，有个年轻人本来会考虑她。"当别人都来了时爱玛很高兴；看她嫂子的优雅服饰比听罗伯特说话更好，他让她既恼火又难过。

罗伯特太太完全像在她自己的那群人中间时一样漂亮，进来就为自己的衣服道歉。"我不想让你们等待，"她说，"所以我穿上了我看到的第一件衣服——恐怕我的身材很不好。我亲爱的沃先生（对她丈夫说），你的头发没有抹上发粉。"

"不，我没打算抹。我想我头上的发粉足够我的妻子和姐妹一起使用。"

"说实话，你外出拜访时应该在吃饭前换上衣服，虽然你在家不这样做。"

"胡说。"

"很奇怪你不喜欢做其他绅士做的事情。马歇尔先生和亨明先生这辈子每天吃饭前都换衣服。我帮你做上一件新大衣有什么用，如果你从来不穿？"

"请你满足于自己打扮，别来烦你的丈夫。"

为结束这场争吵，缓和她嫂子显而易见的恼火，爱玛（虽然毫无兴致化解蠢行）开始欣赏起她的长裙——这立刻使她感到得意。

"你喜欢吗？"她说，"我很高兴。人们都非常喜欢，但我有时觉得图案太大。明天我会穿一件我觉得你会比这更喜欢的衣服。你看到我给玛格丽特的那件了吗？"

晚餐上来了，罗伯特太太除了看着她丈夫的脑袋时，她始终快乐又轻浮；斥责伊丽莎白准备得太丰盛，强烈反对端上来的烤火鸡——这是唯一不同于"你看看你的晚餐"的评价——"我真的要请求你别让我今天看到火鸡。我已经被此时的菜肴数量吓得灵魂出窍。别让我们吃火鸡了，我恳求你。"

"我亲爱的，"伊丽莎白答道，"火鸡已经烤好，端上来和留在厨房都一样。而且，如果切开，我希望父亲也许会想吃﹒些，因为这的确是他最爱吃的菜。"

"那么你就吃吧，但我保证我绝不动它。"

沃森先生没有好得能和他们一起吃饭，但被劝说着下来和他们一起喝茶。

"我希望他今晚可以打牌，"伊丽莎白看着她父亲舒适地坐在扶手椅上，对罗伯特太太说。

"我请求你别指望我。你知道我不会打牌。我认为亲密的聊天好得多。我总说打牌有时不错，能打破正式的氛围，但朋友之间从不需要它。"

"我是想着能逗乐父亲，"伊丽莎白说，"如果你不讨厌打牌。他说他的脑袋受不了惠斯特——但也许我们一起打牌，他会有兴趣和我们坐在一起。"

"当然可以，我亲爱的宝贝。我很乐意为你效劳。只是别强迫我挑选游戏，仅此而已。**猜牌游戏**①是克罗伊登现在唯一的圆桌牌戏，但我什么都能玩——当家里只有你们一两个人时，你们一定不知道该怎样逗乐他——你们为何不让他玩克里巴奇牌②呢？——我和玛格丽特在无事可做的大多数晚上都打克里巴奇牌。"

这时传来了像是远处马车的声音，人人都在听着；声音变得更加清晰；的确越来越近。对于斯坦顿这在一天中的任何时候都是不寻常的声音，因为村里没有公共道路，除牧师住宅外没有绅士家庭。车轮快速靠近——两分钟后众人的期待得到满足；马车毫无疑问停在牧师住宅的花园门外。"这会是谁呢？——这当然是辆邮车——只能想到佩内洛普。她也许意外得到了回来的机会。"

接着是一阵充满悬念的停顿——听见了脚步声，先是沿着房子窗户下的步道走到前门，然后进入走廊。这是男人的脚步声。这不可能是佩内洛普。这一定是塞缪尔。

门打开了，汤姆·马斯格雷夫一副旅行者的打扮出现在众人面前。他去了伦敦，此时在回家的路上。他离开大路走了半英

---

① 原文为"speculation"。
② 原文为"cribbage"，一种根据得分组合计分的牌戏。

里，只为来斯坦顿拜访十分钟。他喜欢给人惊喜，在特别的季节不期而至；在目前的情况下，他还有个目的，是要告诉他以为会喝完茶，安安静静坐在那儿的沃森小姐们，他准备回家吃一顿八点的晚餐——然而既然情况如此，他给予的惊奇不及得到的多。他没被领进平常使用的小客厅，两边都宽了一英尺的最好的客厅门被打开，他看见一群漂亮的人儿，他一时辨认不出。他们全都舒适地围坐在火炉前，沃森小姐坐在最好的彭布罗克桌①旁，面前放着最好的茶具。他站了几秒钟，默默诧异着。

"马斯格雷夫！"玛格丽特柔声叫道。

他镇定下来，走上前，愉快地发现这样一群朋友，说自己运气真好，得到如此意外的快乐。他和罗伯特握手，向女士们鞠躬微笑，一切都做得十分漂亮。但至于对玛格丽特的任何特别致意或感情，爱玛仔细观察了他，发现的一切全都符合伊丽莎白的看法，尽管玛格丽特端庄的微笑表明她打算认为这次拜访是因为她本人。

他很容易就在劝说下脱掉大衣，同他们一起喝茶。"因为，正如他所说，他在八点或九点吃饭，是件无关紧要的小事"——他似乎并非有意，却也没离开玛格丽特身旁的椅子，是她殷勤地为他准备的——她就这样成功地把他和她的姐妹分开——可她那时却没有能力从她哥哥那儿留住他，因为他既然声称从伦敦过来，只在四个小时前离开，罗伯特必须在他的注意力被非国家大事，女人们的重大要求占据之前，让他说说最新的公众信息，以

---

① 原文为 "Pembroke Table"，是一种小型的四角折叠桌，有两个铰链。

及当天的大致情况——不过最后他总算能自由地倾听玛格丽特的温柔话语，她说自己担心他会经历一场得了重感冒，黑暗又可怕的旅行。

"说真的，你不该这么晚出发。"

"我没法更早，"他答道，"我被一个朋友留在贝德福德闲聊——什么时候对我都一样——你来乡下多久了，玛格丽特小姐？"

"我们今天上午才来——我好心的哥嫂就在今天上午把我带回家。真巧，你说呢？"

"你已经离开了很久，不是吗？两个星期，我想？"

"**你**也许能说两个星期很久，马斯格雷夫先生，"罗伯特太太尖厉地说道，"但**我们**认为一个月很短。我向你保证我们在一个月后把她带回家，很违背我们的意愿。"

"一个月！你真的走了一个月？时间快得令人惊奇。"

"你能想象，"玛格丽特耳语般说道，"发现自己又回到斯坦顿我会有怎样的感受。你知道我成了多么悲哀的客人——我那么迫不及待地想见爱玛——我害怕见面，同时充满渴望——你理解这种感情吗？"

"完全不，"他大声叫道，"我永远不会害怕和爱玛·沃森小姐见面——或她的任何姐妹。"幸运的是他加上了那个结尾。

"你在说我吗？"爱玛说，她听见了自己的名字。

"不完全，"他答道，"但我想到了你，正如远方的许多人此时可能也在这么做。真是明朗的好天气，爱玛小姐！迷人的狩猎季节。"

"爱玛很令人喜爱，不是吗？"玛格丽特低声说，"我发现她超出了我最热切的期待——你见过这么完美漂亮的人吗？——我想即使**你**也一定变得喜欢棕色皮肤了。"

他犹豫了。玛格丽特本人很白皙，他并不想特别恭维她；但奥斯本小姐和卡尔小姐也很白皙，他对她们的忠诚占了上风。"你妹妹的肤色，"他最终说道，"是深色皮肤最漂亮的样子，但我还是承认我喜欢白皮肤。你见过奥斯本小姐吧？——她在我看来是女人肤色的真正典范，她很白皙。"

"她比我更白吗？"

汤姆没有回答。

"说真的，女士们，"他说着瞥了一眼自己的样子，"我非常感谢你们屈尊允许我这样身着便装进入你们的客厅。我真的没想到我多不适合来到这儿，否则我会希望自己保持了距离。奥斯本夫人要是看到我这副样子，会说我变得和他儿子一样粗心大意。"

女士们不缺礼貌地回答；罗伯特·沃森从对面的镜子中瞅了一眼自己，同样客气地说："你不可能比我本人穿得更随意——我们到得太晚，以至于我甚至没时间在头发上扑些新鲜的发粉。"爱玛忍不住想到她嫂嫂此时的感受。

茶具被拿走后，汤姆开始说起他的马车——但老式牌桌已经摆好，鱼儿筹码[1]和还算干净的一副牌被沃森小姐从餐桌递来，众人都急着劝他一起玩，于是他同意再玩一刻钟。即使爱玛也很高兴他愿意留下，因为她已经开始感到家庭聚会也许是所有聚会中最糟糕的一种；其他人都很高兴。

---

[1] 原文为"fish and counters"，用骨头或象牙制作的平面鱼形筹码。

"打什么牌?"他们全都围在桌旁时他叫道。

"我相信是猜牌游戏，"伊丽莎白说，"是我嫂嫂的提议，我想我们都会喜欢。我知道**你**喜欢，汤姆。"

"这是克罗伊登现在打的唯一一种圆桌牌戏，"罗伯特太太说，"我们从来不想其他任何牌戏。我很高兴你最喜欢它。"

"哦! 我!"汤姆叫道，"无论你决定什么，**我**都会最喜欢。我玩过一些非常愉快的猜牌游戏——但我已经很久没打了——二十一点①是奥斯本城堡玩的牌戏。我最近除了二十一点什么也不玩。你们要是听见我们在那儿的吵闹声会很诧异——一再响彻那个漂亮庄严的老客厅。奥斯本夫人有时宣称她听不见自己的说话声了——奥斯本勋爵特别喜欢——他是我所见过最好的牌手——那么机敏又兴致勃勃! 他让谁都没有赢的希望——我希望你看到他两只手拿满了牌的样子——简直无与伦比!"

"天啊!"玛格丽特叫道，"我们现在为何不玩二十一点呢? ——我想这比猜牌游戏好玩得多。我不能说我很喜欢猜牌游戏。"罗伯特太太没再说起赞成这种牌戏的话——她被狠狠击败，奥斯本城堡的时尚压倒了克罗伊登的时尚。

"你在城堡经常见到牧师一家吗，马斯格雷夫先生?"当他们坐下时爱玛说道。

"哦! 是的——他们几乎一直在那儿。布莱克太太是个温柔漂亮的小个子女人，我和她是很好的朋友；霍华德是很有绅士风度的那种人! ——请相信任何人都没有忘记你。我想你一定时常

---

① 原文为法语"Vingt-un"。

有些脸颊发烫，爱玛小姐。你难道上星期六晚上大约九、十点的时候没感到很热吗？我会告诉你怎么回事——我看得出你特别想知道——霍华德对奥斯本勋爵说——"在这有趣的时刻他被别人叫走，制定打牌规则，解决一些争议；他对那件事全神贯注，后来打牌时再也没有回到之前说起的话题——爱玛虽然特别好奇，却不敢提醒他。

他的确是牌桌上非常有益的增添；假如没有他，只能是这样一群近亲，毫无趣味，也许难以礼貌相待，但他的出现带来了变化，保证了众人都彬彬有礼。他果真是圆桌牌戏上极其耀眼的人，很难在别的情况下显得那么出色。他玩得兴致勃勃，有许多话要说；虽然他本人并不诙谐，有时却能借用没来的朋友说出的俏皮话；他能对一件寻常的事情津津乐道，或仅仅说些废话，把牌桌变得趣味盎然。奥斯本城堡的生活方式和精彩的笑话此时也成了他常用的娱乐手段；他重复着一位女士的打趣话语，细述着另一个人犯的错误，在两种牌戏中甚至都说了奥斯本勋爵本人犯的错，让他们听得特别满意。

钟敲了九点，在他这样玩得特别高兴的时候；当南妮端着她主人的一盆稀粥进来时，他愉快地对沃森先生说他该留下他们吃夜宵了，他自己也要回家吃饭。

马车被叫到门口，怎样劝他留下都不行——因为他很清楚，如果他留下，就得在十分钟内坐下吃夜宵——对于一个始终在心里把下一顿饭当作正餐的人，会让他无法忍受。

发现他决意要走后，玛格丽特开始向伊丽莎白挤眉弄眼，叫她请他明天来吃饭。伊丽莎白最终无法拒绝暗示，而她也因为好客与喜爱社交的脾性有些赞成，便发出了邀请。

"如果他愿意再和罗伯特见见，他们都会特别高兴。""非常乐意"——是他最初的回答。随后——"也就是说如果我能及时赶到这儿——但我要和奥斯本勋爵打猎，所以无法约定——除非你们见到我来，否则不用想着我。"

就这样他离开了，为他话语留下的不确定感到高兴。

＊　＊　＊

玛格丽特在她执意认为非常有利的情形下满心欢喜。第二天上午她在和爱玛单独相处的一小段时间里，本想把爱玛当作知己，甚至已经说道："我亲爱的爱玛，昨天在这儿的那位年轻人今天回来，我对他的兴趣，也许超出了你的想象"；但爱玛假装完全没听懂这些话的特别含义，做了些很不适宜的回答，就跳起来，逃避了这个令她感到厌恶的话题。

因为玛格丽特不允许重复对马斯格雷夫过来吃饭的怀疑，于是为了让他高兴而开始了准备，大大超出了前一天认为的所需。她完全接管了姐姐的监督工作，自己半个上午都待在厨房里，发号施令，批评斥责。然而做了一大堆平平常常的菜肴，焦急地等待了很久后，他们只得在客人没来时坐下——汤姆·马斯格雷夫从未出现。

玛格丽特毫不掩饰她由失望而生的恼火心情，也不抑制她的坏脾气。那天剩余的时间，以及随后的一整天，包括罗伯特和简拜访的整个期间，都不断被她的烦躁不悦和满腹牢骚侵扰——伊丽莎白通常是这两种表现的目标。玛格丽特勉强尊重她哥哥嫂嫂的想法，在**他们**面前还算行为得体，但伊丽莎白和女仆们做什么都是错。

似乎被她彻底遗忘的爱玛，发现那温柔的嗓音持续的时间短得不可思议。她急于尽量少和他们待在一起，很高兴找到了替代方案——在楼上陪她的父亲，并热切请求每晚都陪他。因为伊丽莎白太喜欢各种同伴，情愿冒着一切风险待在下面；她宁可在玛格丽特不近情理的反复打断下和简谈论克罗伊登，也不愿只和她父亲坐在一起，因为父亲常常根本无法忍受谈话。她一旦在劝说下相信这对她妹妹而言完全算不上损失，事情就定了下来。

对爱玛而言，这样的变化最合乎心意，令人高兴。她父亲在生病时只需一点温柔和安静；作为一个有理智也有教养的男人，他在能够交谈时，是个令人愉悦的同伴。

在他的房间里，爱玛离开了不相称的同伴与不和谐的家庭带来的强烈屈辱感，得到了安宁——不必当场忍受富人的冷酷、卑劣的自负，以及倔强的性情滋生的执意愚蠢。她依然在回忆或展望中，想到那些存在时感到痛苦；但此时此刻，她不再被它的影响折磨。

她有了空闲，她能阅读与思考——尽管她身处的境遇，几乎不可能从思索中得到很多抚慰。失去姑父带来的不幸，既非微不足道，也不可能减轻；当她能尽情思考，对比现在和过去时，只有阅读才能占据她的心灵，驱散不愉快的想法，让她心怀感激地回到书本中。

由于一位朋友的去世和另一位的轻率，爱玛家中的同伴以及生活方式的改变的确惊人。她曾在一位姑父慈父般的照料下培养了心智，姑妈的性情温柔愉悦，对她无比娇宠。她曾给一座房子带来了活力和希望，那儿的一切都舒适优雅；也曾是一份丰厚财产的预期女继承人，却只能变得对任何人都无足轻重，成为她无法指望获得喜爱之情的那些人的负担，是一个已经不堪重负的家中新的负担，周围的人们想法低劣，几乎不可能得到家庭的安适，也同样无法期待未来的支撑。幸好她生性愉悦，因为这样的变化会使意志薄弱的人陷入沮丧。

罗伯特和简极力劝说她同他们一起回到克罗伊登，她好不容易才让他们接受了拒绝；因为他们对自己的好意和境遇看得过高，认为谁都不会对这样的提议无动于衷。伊丽莎白帮着他们，虽是显然有违自己的心愿，却在私下劝说爱玛过去——"你不知道你拒绝了什么，爱玛，"她说，"也不知道你得在家忍受什么——我会建议你无论如何接受邀请。在克罗伊登总会发生些有趣的事情，你几乎每天都能有人做伴，罗伯特和简也会对你善意相待——至于我，没有你绝不会变得更差，和以前相比；但可怜的玛格丽特的讨厌行为**你**从未见识过，如果你待在家中，会让你恼火得无法忍受——"爱玛当然没受影响，只是因为这样的话对伊丽莎白更加敬重。

客人走了，她没有同行。

桑迪顿

第一章

从滕布里奇出发，前往黑斯廷斯和伊斯特本中间那段苏塞克斯海滨的一位先生和女士，因为有事离开大路，试着走上了一条非常崎岖的小路，马车①吃力地沿着半是石头半是沙子的道路向上行走时翻了车——这场事故刚好发生在道路附近唯一的绅士住宅旁——车夫最初得到朝那座房子前进的指令时，以为肯定是他们的目的地，曾带着极不情愿的表情勉强往那儿去。他的确又是咕哝又是耸肩，可怜他的马儿却又使劲抽打它们，也许会让人怀疑他在故意翻车（尤其因为马车并不归他主人所有），要不是刚离开那座房子的领地，道路就毋庸置疑地变得比之前更糟——而他带着最煞有其事的表情说除了货运马车②，任何轮子都休想平安前行。

因为速度缓慢，道路狭窄，摔得不算严重。先生已经爬出来并拉出了他的同伴，两人一开始都只感觉到震动和擦伤。然而先生在这番历险中扭伤了脚——他很快就意识到这一点，立即停止了对车夫的责备，以及对他妻子和他本人的祝贺——坐在路边无法动弹。

"这儿有点麻烦，"他把手放在脚踝上说，"但没关系，我亲

---

① 原文为"carriage"，指旧式四轮马车。
② 原文为"cart"，指两轮或四轮的运货马车。

爱的——（微笑着抬头看她）——你知道，这不可能发生在更好的地方——不幸中的万幸。也许正是值得期待的事情。我们很快会得到帮助——我想，**那儿**能够治愈我。"他指着不远处似乎很有情调地坐落于高地林间，一座外观整洁优雅的乡舍——"难道**那**不正是要找的地方吗？"

他的妻子热切希望如此——却坐在那儿恐惧又担忧，什么都做不了，也提不出任何建议——因为看见几个人正跑过来帮助他们，得到了第一个真正的安慰——这场事故被他们路过的干草场上的人看到了。

在走近的人当中，有个英俊健壮、绅士般的男人，一位中年人，也是此处的地产主，他那时刚好和干草工人在一起，并叫上了他们当中三四个最能干的人陪同他们的主人——更不必说在不远处其他的田地中，还有许多男人、女人和孩子。

海伍德先生是刚刚提到的这位地产主人的名字，他走上前来，一边礼貌地问候他们——对这场事故十分关切——有些惊讶竟然会有人乘坐普通马车走那条路——并乐意提供帮助。他的好意被礼貌又感激地接受下来，与此同时一两个工人帮车夫把马车扶正。这位旅行者说道："先生，你真是热情好助，我接受你的提议——我敢说我的腿伤无关紧要，但在这种情况下，通常最好立即听听外科医生的想法。因为道路的状况，我本人似乎无法起身去他的家中，我想劳驾你派这儿的哪位好心人请来外科医生。"

"外科医生，先生！"海伍德先生答道，"我恐怕你在附近找不到外科医生，但我敢说没有他我们也能做得很好。"

"不，先生，如果**他**不在，他的助手也行——或者也许更好。

我的确更愿意见到他的助手——我更想让他的助手来看我——我相信某个好心人三分钟就能到他身边。我无须询问我是否看到了那座房子（朝乡舍望去），因为除了你本人的房子，我们在此处没有路过可能是绅士住宅的地方。"

海伍德先生看似非常吃惊，答道："什么？先生！你指望在那间乡舍里找到一位外科医生吗？我向你保证我们这个教区既没有外科医生也没有助手。"

"对不起，先生，"对方答道，"我很抱歉似乎在反驳你——但因为这个教区的规模或别的原因你也许不清楚事实——等等——我在这儿可能有错吗？——我难道不在威灵登？——这不是威灵登吗？"

"是的，先生，这当然是威灵登。"

"那么先生，我能向你证明你们这个教区有外科医生——无论你是否知道。这儿，先生"——（掏出他的小本子）——"如果能劳驾你看一眼这些广告，是我本人从《晨报》和《肯特宪报》①剪下来的，只是昨天上午伦敦的报纸——我想这下你就能相信我并非随口说说。你能在里面发现一则公告，先生，关于解除一个医疗合作关系——在你本人的教区——业务广泛——毋庸置疑的声望——可靠的资质——想要独立经营——你能看到完整的内容，先生。"他递出两张小小的长方形纸条。

"先生，"海伍德先生面带愉快的微笑说道，"就算你能把整个王国一周内印刷的所有报纸都拿给我看，你也无法说服我在威

---

① 当时的确存在的报纸。《晨报》1772 年在伦敦首次出版；《肯特宪报》1768 年首次于坎特伯雷出版。

灵登有个外科医生——因为我自从出生就一直住在这儿，从男孩长到五十七岁的年纪，我想我一定会**知道**这样一个人，至少我也许能冒昧地说他没有**很多业务**——说实话，如果先生们经常试着乘坐驿马车走这条路，也许一位外科医生在山顶上弄一座房子绝非错误的投机①——但至于那座乡舍，我能向先生保证——（尽管在这么远的地方也能闻到那儿的云杉气味）——这实际上是教区里一座普普通通的两用房屋，我的羊群住在一端，三位老妇人住在另一端。"

说话时他接过纸片——看完后又说道："我相信我能解释了，先生——你的错误在这儿——这个地区有两个威灵登——你的广告指的是另一个——即大威灵登，或威灵登·阿伯茨，在离巴特尔另一边七英里的地方——在威尔德下方。而**我们**，先生，"（十分骄傲地说）"**不在**威尔德。"——"我相信不在威尔德**下方**，"旅行者愉快地答道，"我们花了半小时爬上你们的山丘——好了先生——我敢说正如你所言，我犯了个愚蠢至极的错误——一切都做得太过匆忙——我们在城里的最后半小时才注意到这些公告——当一切总是因为在那儿的短暂居住而匆忙混乱时——人们在马车到达的那一刻前，都永远无法做完生意方面的所有事情——因而我只在短暂询问后便感到满意，发现我们实际上一两英里后就能路过一个**威灵登**，因而没再询问……我亲爱的，"（转向他的妻子）"我很抱歉让你陷入这个麻烦。但别为我的腿担心。当我安静的时候完全不疼，只要这些好心人能扶正马车让马儿掉

① 原文为"speculation"。

转方向，我们最好回到收费公路，前往黑尔舍姆，一路回家，别再尝试做些什么——我们两个小时就能从黑尔舍姆回到家——一旦到家，你知道我们就能治疗——只需一点我们自己的清新海风就能让我的脚很快恢复——相信我亲爱的，这正是大海能做到的事。咸咸的空气和水的浸泡最有效——我的感觉已经告诉我就是这样。"

此时海伍德先生非常友好地打断了，请求他们别想着继续上路，直到检查了脚踝，吃些点心，并极其诚恳地劝说他们利用他的房子做这两件事情。"我们一直储备充分，"他说，"治疗扭伤擦伤的常用药品一应俱全——我向你保证我的妻子和女儿能够为你们提供帮助，也很乐意这样做。"

旅行者试着移动他的脚，却感到阵阵刺痛，只得重新考虑先立即接受帮助——以简短的话语询问他的妻子："好了，我亲爱的，我相信这会对我们两人都更好。"——又再次转向海伍德先生，说道："先生，在我们接受你的好意之前——为消除你在这种徒劳无益的旅途中见到我，可能带给你的坏印象——请允许我告诉你我们是谁。我的名字叫帕克——桑迪顿的帕克先生；这位女士是我的妻子，帕克太太——我们在从伦敦回家的路上——**我的名字也许**——虽然我绝非桑迪顿教区我的家庭中第一个拥有地产的人，在这么远离海滨的地方也许不为人所知——但桑迪顿本身——人人都听说过桑迪顿——是人们的最爱——作为一个新兴浴场，当然是苏塞克斯海岸能够发现的所有浴场中最受喜爱的地方——最受大自然的恩惠，有望成为人们的首选。"

"是的——我听说过桑迪顿，"海伍德先生答道，"每隔五年，人们都会听说海边兴起了某个新的地方，变成了时尚之处——这些地方怎会有一半都挤满了人？真令人好奇！到**哪儿**找有钱又有时间去那儿的人呢？——对一个地方是件坏事情——肯定会提升物价，让穷人一无是处——我敢说你看出了这一点，先生。"

"完全没有，先生，完全没有，"帕克先生热切地叫道，"我向你保证恰恰相反——这是通常的想法——然而是错误的想法。也许符合你们这些庞大并且过度发展的地方，比如布赖顿，或沃辛，或伊斯特本——但**不**符合像桑迪顿这样的小村庄，它因为面积太小而没有经历任何文明带来的坏处，而这里的发展，那些建筑、苗圃，能满足优质游客的一切需求成为必选之地。那些出身高贵、品格出众的私人家庭，他们经常定期旅行，在哪儿都是福音，能刺激穷人的产业，给他们带来各种舒适和改善——不，先生，我向你保证，桑迪顿并非那种地方——"

"我并不打算特别反对**任何**地方，"海伍德先生答道，"我只觉得我们的海滨总的来说满是这样的地方——但我们是否最好设法把你——"

"我们的海滨满是这样的地方！"帕克先生重复道，"在那点上我们也许不能完全一致——至少已是**足够**。我们有足够多的海滨；不需要更多——也许能满足每个人的品位和每个人的经济状况——那些试着增加数量的好人，在我看来极其荒唐，也一定会很快发现他们被自己的错误预测所欺骗——像桑迪顿这样的地方，先生，我可以说为人所需，受人期待——大自然已经使它出类拔萃——已经给了它最显而易见的特色——在海滨有着最和煦最清新的海风——公认如此——极好的浴场——细腻坚硬的沙子——离海岸十码的地方就是深水——没有淤泥——没有水草——没有黏滑的岩石——从来没有这样浑然天成的适合年老体弱之人度假的地方——似乎正是成千上万的人们需要的地方——离伦敦最理想的距离！比伊斯特本近了整整一英里。只要想想，先生，在漫长的旅程中省下一英里的好处。可是布林海滨，先生，我敢说你知道此处——去年有两三个投机者尝试开发布林海滨，要改造那个小村庄，而它坐落于一片污浊的沼泽地，在一块荒凉的旷野和不断涌出腐烂海藻的山脊之间，只能给他们自己带来失望。从常识而言布林海滨究竟有什么可**推荐**之处呢？——最有害的空气——道路可想而知令人憎恶——水咸得无可比拟，在三英里内不可能喝到好茶——至于土壤——那么寒冷贫瘠，几乎连一棵白菜都种不出来——相信我先生，这是对布林海滨的如实描述——毫不夸张——如果你听见了不同的说法——”

“先生，我这辈子以前从未听人说过，”海伍德先生说，“我不知道世界上有这样一个地方。”

“你没有听说！——好了我亲爱的——（得意地转向他的妻子）——你看出情况怎样了吧。布林海滨的声望到此为止！——这位先生不知道世界上有这样一个地方——哎呀，说真的先生，我想我们也许能把诗人库珀描述那位虔诚村民的诗句，用在布林海滨上，和伏尔泰相对应——**她**，在离家半英里的地方从未被人听说①。”

---

① 威廉·库珀（1731—1800）是简·奥斯汀年轻时代最负盛名的英国诗人，他的诗大多描述宁静愉悦的乡村生活，这句话引自《真理》（*Truth*，1782）。伏尔泰（1694—1778）是法国启蒙思想家、文学家和哲学家。

"我要真心诚意地说，先生——你尽管使用任何诗句——但我想对你的腿做些什么——从你太太的表情看来，我相信她赞同我的观点，认为不该再浪费任何时间——我的女孩们过来为她们本人和她们的母亲说话了。（此时能看见两三位相貌文雅的年轻女人，在同样数量女仆的跟随下，走出了房子）——我已经开始怀疑这番喧闹**她们**竟然没有听见——这种事情很快会在像我们这样冷清的地方引起骚动——现在先生，让我们看看怎样能最妥当地把你送进房子里。"

年轻小姐们走过来，说了许多得体的话，让她们父亲的提议更受欢迎；并以真诚的态度，想让这些陌生人安心——因为帕克太太非常急于得到帮助——她丈夫此时也同样如此——寥寥几句礼貌的顾虑便已足够——尤其当马车此时已被扶正，发现摔倒的一边受了损伤，现在不能使用——因此帕克先生被扶进屋子，他的马车被推进了一间空谷仓。

第二章

以如此奇特的方式开始的相识，既不短暂也非无足轻重。因为整整两个星期旅行者们都住在威灵登；帕克先生的扭伤看来过于严重，不能更早地走动。

他落到了好人手中。海伍德一家是十分体面的人，他们尽心尽意、朴实自然地给那对夫妇最细致的关照。**他**被陪伴照料，而**她**不断得到善意的鼓励和安慰——因为每一种热情友好的帮助都被悉数接受，也因为一方的好意和另一方的感激不相上下，双方都不乏始终和善的举止，他们在那两个星期里，逐渐彼此非常喜爱。

帕克先生很快透露了他的性格和经历。他知道的关于自己的一切，他都欣然说出，因为他特别坦诚开朗——对他自己也许都不太清楚的方面，他的话语依然能给出信息，能让海伍德一家有所了解。

通过这些话他被看成一个狂热的人——在桑迪顿的问题上，一个彻底的狂热者。桑迪顿——把桑迪顿成功打造成一个小型的时髦浴场，是他似乎为之而活的目标。短短几年前，这曾是一个毫不起眼的安静村庄，但此处一些天然的优势和一些偶然情况让他本人和另一位主要地产主有了兴趣，看到这儿作为有利可图的投机产业的可能性，便制定计划，进行修建，又是夸赞又是吹嘘，把它变得小有名气——帕克先生如今除此之外难得想到别的事情。

在更直接的交流中，他摆在他们面前的事实，是他大约三十五岁——已经结了婚——有着七年非常幸福的婚姻——家中有四个可爱的孩子；他来自一个体面的家庭，财产虽不丰厚却能舒适生活——没有职业——作为长子继承了前面两三代人拥有和积累的财富；他有两个弟弟和两个妹妹——全都单身并能自主生活——实际上弟弟中更大的一位，因为共同继承，得到的财产几乎和他本人一样多。

他离开大路去寻找刊登广告的外科医生的目的，也说得很明白——并非因为他有意扭伤脚踝或让自己受到别的伤害，为给这样的外科医生带来好处——也不是（海伍德先生轻易认为的那样）因为打算同他合作。这只是出于想让桑迪顿有个外科医生，那份广告诱使他想在威灵登做成此事——他相信手头有位医师能够实实在在地促进那儿的兴起和繁荣——事实上有可能带来大量游客——别的什么也不缺。他有**强烈的**理由相信有**一个**家庭去年因为那个原因没有尝试来桑迪顿——也许还有很多——他本人的妹妹不幸身体虚弱，他这个夏天本来很想带她们去桑迪顿，却几乎无法期望她们自己冒险去一个得不到及时医疗救助的地方。

总的来说，帕克先生显然是个和蔼可亲的爱家男人，喜欢妻子、孩子和弟弟妹妹——总体而言心地善良；慷慨，绅士，容易取悦——想法乐观，幻想多于见识。帕克太太是个温柔可亲、脾气甜美的女人，对于明理的男人会是世界上最合适的妻子，但不能提供她自己的丈夫有时需要的冷静思考，完全等着在任何情况下受人指引，因而无论他是在拿财产冒险或是扭伤了脚踝，她都同样毫无用处。

桑迪顿是他的第二个妻子和四个孩子——几乎同样宝贵——当然更费心思。他可以永远谈论它——它的确拥有最高的权利——不仅是他的出生地、财产和家——也是他的矿藏，他的赌注，他的投机活动和他热衷谈论的话题；他的职业，他的希望和他的未来。

他非常想把他在威灵登的好朋友吸引到那儿去；他在这件事上的努力，既心怀感激、公正无私，又热情洋溢——他想让他们答应去拜访——根据他房子的容量，让最多的人尽快跟随他去桑迪顿——尽管人人都无疑非常健康——却能预见每个人都能从大海获得裨益——他的确相信谁都不可能真正健康，没有人（无论此时偶然借助运动和心情显得多么健康）能够每年在海边度过的时间少于六个星期，却能真正享有永远的健康——海边的空气和海水沐浴共同的作用几乎万无一失，总有一种或另一种方法能够应对胃、肺或血液的各种不适。它们可以治疗痉挛，治疗肺病，治疗脓毒，治疗胆汁不适，以及治疗风湿病。谁都不可能在海边感冒，谁也不会在海边没有胃口，谁都不会情绪低落，谁也不会没有力气——大海能够治愈，可以舒缓，也能放松——令人精神振奋，心旷神怡——似乎正是人们所需——有时一种，有时另一种——如果海风不起作用，海水沐浴必然有效——在沐浴没用时，显而易见大自然会让海风单独进行治愈。

然而他的雄辩毫无作用。海伍德夫妇从不离家。因为早早结婚，拥有一个人数众多的家庭，他们的生活长久以来都局限于一个小圈子；他们的习惯比年龄更老旧——除了每年去伦敦的两次旅行，得到他的股息，海伍德先生的活动范围从不超过他的双脚或他饱经风霜的老马能带他去的地方，而海伍德太太的探险只在于有时乘坐那辆旧马车去探望她的邻居；马车是在他们结婚时新买的，十年前他们大儿子成年后做了新的衬里。

他们有一片很漂亮的产业——假如他们的家庭人数合理，足以允许他们享受绅士般的奢侈与变化——足以让他们享受一辆新马车和更好的道路，偶尔去滕布里奇温泉过上一个月，冬天在巴斯治疗痛风①——但十四个孩子的生养、教育和穿着，要求一种非常宁静、稳定、谨慎的生活方式——让他们只能安稳健康地待在威灵登。起初必须的审慎行事，如今因为习惯而变得令人愉悦。他们从不离开家，说起此事也心满意足。但他们绝不希望孩子们也这样做，他们很乐意让**他们**尽量出去见见世面。

他们待在家中，为了让他们的孩子**也许**能够出去——在他们把那个家打理得极其舒适的同时，欢迎家能带来的每一个变化，或许能给儿子女儿们带来有用的关系和体面的熟人。当帕克夫妇因此不再请求家庭探访后，便只要求带走他们的一个女儿，没有遇到任何困难。这让人人欢喜，得到了一致赞同。他们的邀请给了夏洛特·海伍德小姐，是个很惹人喜爱的二十二岁年轻女子，留在家中最大的女儿。她在母亲的教导下，对他们很有帮助也非常热情；她对他们照顾最多，也了解最深。

夏洛特要走了——身体极好，如果可以会通过沐浴变得更

---

① 均为当时著名的温泉度假胜地。

好；因为她即将随同的两个人的感激之情，得到桑迪顿能够提供的每一种可能的快乐——为她本人和她的妹妹们去图书馆购买新阳伞、新手套、新饰针，帕克先生急于帮她做到——而海伍德先生本人能在劝说下做出的承诺，是他愿意送每一个征求他想法的人去桑迪顿；（在最遥远的未来）也绝不会被诱惑着去布林海滨花费仅仅五先令。

第三章

　　每个地方都应该有一位了不起的夫人——桑迪顿的这位了不起的夫人，是德纳姆夫人。在他们从威灵登去海湾的旅途中，帕克先生为夏洛特详细地讲述了她，比她想要的更加详细。

　　她在威灵登必然会常被提起——因为她是他的投机搭档；也不可能长时间谈论桑迪顿，却不介绍德纳姆夫人。她是位非常有钱的老太太，已经埋葬了两任丈夫，知道钱的价值，很受人仰慕，有一个穷亲戚陪她住在一起，这些是众所周知的事实。然而对她的经历与性格更详细的介绍，能在漫长的山路，或一小段难走的路上缓解乏味的心情，同时让这位来访的年轻小姐对这个她或许会每天接触的人有适当的了解。

　　德纳姆夫人曾是一位有钱的布里尔顿小姐，生来富裕却没受多少教育。她的第一任丈夫曾是一位霍利斯先生，在乡下拥有大量地产，包括桑迪顿教区的很大一部分，有着庄园和府邸①。她嫁给他时他已经上了年纪——她本人大约三十岁——四十年后，她这门亲事的动机几乎无人可知，但她极好地照料并取悦了霍利斯先生，因而他在去世前把一切都留给了她——他所有的财产，全都由她支配。

---

① 原文为"Manor and Mansion House"，指世袭的古老宅邸。

守寡几年后，她再次被诱惑着结了婚。已故的哈里·德纳姆爵士，桑迪顿附近的德纳姆庄园①主曾经成功地把她和她的大笔财产归为己有，但他没能如人所愿地让自己的家庭永远富裕下去。她太过谨慎，不会让自己失去对任何事的掌控——在哈里爵士去世后，她又返回了自己在桑迪顿的大宅，据说她曾向一位朋友吹嘘"虽然她只从这个家庭**得到**她的爵位，但她没为此**付出**分毫"。

因此，人们认为她是为爵位而结婚——帕克先生承认如今这显然很有价值，作为对她做法的自然解释。"有时候，"他说，"她会有点自以为是——但并不令人恼火。有些时候，在某些方面，她对钱的喜爱有些过分。但她是个心地善良的女人，心地非常善良的女人——特别乐于助人，也很友爱的邻居；有着愉悦、独立、可贵的性格——她的缺点也许完全因为她缺少教育。她有好的天性，但缺乏教养。她有活跃敏锐的心灵，以及一个七十岁女人能有的好身体，为改善桑迪顿投入的热情令人敬佩——尽管有时候，**会**有点目光短浅。她不能如我期待的那样有远见——为现在微不足道的花费感到惊慌，而不考虑一两年后**会**带给她怎样的回报。也就是说——我们想法**不同**，我们时常对事情的看法**不同**，海伍德小姐。对那些讲述他们自己故事的人，你必须谨慎听取——当你看见我们交往时，你能自己评判。"

德纳姆夫人的确是常人难以企及的了不起的夫人——因为她每年能有好几千英镑作为遗赠，被三群不同的人奉承着。她自己

① 原文为"park"，指新建的庄园。哈里爵士可能是个新贵。

的亲戚，也许能合情合理地期望得到她原有的三千英镑；霍利斯先生的合法继承人，一定更愿感谢**她的**公正，而非他曾经允许他们作为**他的**继承人；而德纳姆家庭的那些人，她的第二任丈夫曾希望为他们得到许多好处。

毫无疑问，她长久以来，也一定会持续被所有这些人，或这几拨人不断骚扰——在这三组人中，帕克先生毫不犹豫地说霍利斯先生的亲戚**最不得宠**，而哈里·德纳姆爵士的家人**最受宠爱**——他相信，前者在霍利斯先生去世时，因为极不明智的话语及不合情理的怨恨，给自己造成了无法弥补的伤害；后者的优势不仅在于是她必然看重的亲戚的后代，而且自幼和她相识，同时总能在身边以适当的殷勤维护他们的利益。

爱德华爵士，即如今的男爵，哈里爵士的侄子，常常住在德纳姆庄园；帕克先生毫不怀疑，他和同他住一起的德纳姆小姐，将是她遗嘱的主要获益者。他真心希望如此——德纳姆小姐供养很少，她哥哥相对于他的身份而言是个穷人。"他是桑迪顿的热心朋友，"帕克先生说，"他的行为会和他的心地一样慷慨——假如他有能力的话，他将是个高贵的助手！——事实上，他在尽力而为——正在德纳姆夫人给他的一小片荒地上，搭建一座可爱的奥尼尔小乡舍。我毫不怀疑甚至在**这个**季节结束前，就会有许多人希望入住。"

直到一年前，帕克先生都认为爱德华爵士无人可敌，最有机会继承她能给出的大部分财产——但如今需要考虑另一个人的权利。德纳姆夫人在劝诱下，接纳她的亲戚，一位年轻小姐住进了家里。她一直反对任何这样的增添，长久以来不断挫败她亲戚想介绍某位年轻小姐，让她成为桑迪顿大宅陪护的每一次企图，并为此感到高兴。然而去年的米迦勒节①，她从伦敦带回了一位布里尔顿小姐，因为她的优点，她有望同爱德华爵士争宠，为她自己和她的家人得到他们当然最有权利继承的那部分积攒下来的财富。

帕克先生热情地讲述着克拉拉·布里尔顿，对她性格的介绍让她对他话语的兴趣大大增加。夏洛特此时听得兴致勃勃——听到克拉拉被描述为可爱、和蔼、温柔、谦逊的人，始终以极好的理智为人处世，显然因为她的内在价值赢得了她女恩主的喜爱时，她感到关心又愉快——美貌、温柔、贫穷和依附，无需男人的想象力就能产生影响。再加上合适的例外情况——女人总能迅速热切地同情女人。

他讲述了克拉拉被接纳到桑迪顿的种种细节，作为他在德纳姆夫人身上所见性格的绝佳例证，那种集小气、善意、理智，甚至慷慨于一身的状态。她避开伦敦许多年，主要就是因为这些亲戚，他们不断写信、邀请她、折磨她，而她下定决心保持距离。去年米迦勒节，她被迫去那儿，并且肯定得在那儿逗留至少两个星期——她去了旅店——尽量小心地花自己的钱，不给这样的家庭带来所谓的昂贵开销，三天后要来她的账单，以评估她的状况——金额高得让她决定不在那座房子里多待一个小时。她相信**那儿**简直是掠夺，便怒气冲冲、心烦意乱地进行准备。她不知有什么更好的地方，却打算不顾一切地离开旅店；这时那些亲戚

① 原文为"Michaelmas"，每年的 9 月 29 日。已经从曾经的宗教节日变成常见的搬家、收租甚至开学的日子。

们，那些精明又幸运，似乎一直在监视她的亲戚，就在这紧要关头做了自我介绍，得知她的境遇，说服她去他们在伦敦贫穷地区的一座寒舍，在剩下的时间以那儿为家——她去了；为从每个人那儿得到的欢迎、好客和殷勤感到高兴——发现她的好亲戚布里尔顿一家是出乎她意料的可敬之人——最终因为亲自了解到他们收入微薄、经济困难，只得邀请这家的一个女儿和她一起过冬。向**一个人**发出邀请，去六个月——可能到了那时让另一位来替代她。但在**挑选**这一位时，德纳姆夫人展现了她的好品质——因为她无视这家真正的**女儿们**，挑选了克拉拉，她是个侄女——当然比任何人更加无助，更加可怜——依靠着贫穷的人家——是不堪重负的家庭额外的负担——她在所有世人的眼里都极其卑微，凭借她所有的天资和能力，最多只能打算做个女护工。

克拉拉和她回去了——因为她的理智与美德，如今看来已经深获德纳姆夫人的欢心。六个月早已结束——对任何改变或交换只字未提。她得到众人的喜爱——人人都感受到她沉稳的举止和温柔可亲的性格。一些人最初见到她时的偏见，全都消失。人们觉得她值得信任——正是那个能够指引德纳姆夫人并把她变得温柔的同伴，能让她心胸开阔并出手大方。她和蔼可亲也讨人喜爱——因为享受了桑迪顿的微风带来的好处，所以变得可爱至极。

第四章

"这个看上去很舒适的地方属于谁?"夏洛特说。当时他们正在离大海不到两英里的一片林荫洼地,经过一座中等大小的房子,篱笆完备,树木繁茂,花园郁郁葱葱,果树和草坪是这种住宅的最佳装饰。"它似乎和威灵登一样,有很多舒适的地方。"

"啊,"帕克先生说,"这是我的老房子——我祖先的房子——我和我所有的弟弟妹妹都出生并成长在这座房子里——我自己的三个大孩子也出生于此——我和帕克太太在这儿一直住到两年前——直到我们的新房子完工。我很高兴你喜欢它——这是实实在在的老地方——希利尔把它打理得很好。我已经把它转给了拥有我主要地产的那个人。**他**因此得到了一座更好的房子——而我,获得了更好的位置!——再过一座山我们就到桑迪顿了——现代化的桑迪顿——一个漂亮的地方。你知道我们的祖先总是在洞穴里建造住所——我们就在这儿,关在这个小小的隐蔽角落,呼吸不到新鲜空气,也看不见景致,离南部海岬和陆地尽头之间最壮观的一片大海只隔一又四分之三英里,却完全没有从中受益。等我们到了特拉法尔加大宅时,你不会觉得我们做了糟糕的交易——顺便说一下,我几乎希望没以特拉法尔加命名——因为滑铁卢①现在更有名。不过,滑铁卢作为保留——如果我们

---

① 这两个名字指代英法战争中的两场英军获胜的重要战役。特拉法尔加战役发生于(转下页)

今年有足够的勇气冒险造一座小小的新月大宅——（我相信我们会的）到那时，就能把它叫作滑铁卢大宅——名字结合常有的建筑风格，会使我们拥有许多房客。在旺季时申请的人数会让我们应接不暇。"

"这一直是座非常舒适的房子，"帕克太太说，她似乎有些恋恋不舍地从后窗看去，"还有那么漂亮的花园——那么出色的花园。"

"是的，我亲爱的，但**那**我们可以说把它带在了身边——**它**像从前一样，给我们提供我们想要的所有水果蔬菜；事实上我们拥有一个出色的厨房花园的一切舒适条件，无须一直为各种形式过程而担忧，也不会年年为腐烂的蔬菜心烦——谁能忍受十月的卷心菜地呢？"

"哦天啊——是的——我们和以前一样有充足的花园产品——要是任何时候忘了取，我们在桑迪顿大宅总能买到想要的东西——那儿的园丁很乐意为我们提供物品。但那曾是孩子们四处奔跑的漂亮地方。夏天时那么阴凉！"

"我亲爱的，我们在山上也能有足够的树荫，几年后就会多得惊人——我树木的生长速度通常都令人吃惊。在此期间我们有帆布遮阳棚，完全能给我们室内般的舒适——你随时能从惠特比家给小玛丽买把小阳伞，或在杰布家买顶大帽子——至于男孩们，我必须说我更愿让**他们**在阳光下四处奔跑。我相信我们想法

（接上页）1805 年 10 月 21 日。滑铁卢战役是 1815 年 6 月 18 日由威灵顿将军指挥的一场决胜之战。《劝导》的爱情故事大约在这两场战役之间。

相同，我亲爱的，希望我们的男孩们尽可能结实强壮。"

"是的，的确如此，我相信我们是这样——我会给玛丽买一顶小阳伞，会让她特别骄傲。她会怎样神情严肃地拿着它走来走去，想象自己是个小妇人啊——哦！我毫不怀疑我们比在这儿的生活好得多。如果我们中的任何人想要沐浴，我们走的路还不到四分之一英里——可你知道，（还在往后看），人们喜欢看着老朋友，看着曾经幸福生活过的地方——希利尔一家似乎对去年冬天的暴风雨毫无感觉——我记得在其中一个可怕的夜晚之后见到希利尔太太，当**我们**的确在我们的床上左右摇晃时，她似乎完全没感到风有任何不寻常。"

"是的，是的——那很有可能。**我们**感觉到强烈的风暴，却没什么真正的危险，因为风完全没有受到阻碍，或被困在我们房屋周围，只是咆哮着过去了——然而在这片洼地中，人们对树梢下面的风力状况一无所知——居民们也许会被一阵可怕的狂风打个措手不及，当它们**的确**出现时；比一片旷野中经历的最大狂风危害更大。不过我亲爱的——至于花园果蔬——你刚才说任何偶然的疏忽都能被德纳姆夫人的园丁很快补上——但我想到我们应该在这种情况下去别的地方——老斯特林格和他儿子更加需要。我鼓励他自己种植——恐怕他做得不好——也就是说，时间还不够——他毫无疑问**会**做得很好——但起初会很困难；因此我们一定要尽量给他帮助——当碰巧缺少任何蔬菜或水果时——如果经常缺少，或在大多数时候忘了某一种也算不上问题——你知道只需有个名义上的供给就行，这样可怜的老安德鲁也许不会失去他的日常工作，但实际上从老斯特林格一家购买我们消耗的主要蔬果。"

"很好，我亲爱的，那很容易办到——厨师会感到满意——这将是很大的安慰，因为她现在一直抱怨老安德鲁，说他从不带给她需要的物品。那儿——现在老房子已被抛得很远了。那是什么？你弟弟西德尼说那是一座医院？"

"哦！我亲爱的玛丽，只是他的一个笑话。他假装建议我把它建成医院。他假装嘲笑我的改进。你知道西德尼什么都会说。他总是随心所欲，对我们所有人说他想说的一切。海伍德小姐，我相信大多数家庭都有这样一个人——大多数家庭都有一个人因为能力出众或兴致极高而什么都能说——在我们家中，是西德尼；他是个很聪明的年轻人——非常善于取悦——他太过世故，无法安顿下来；那是他的唯一缺点——他不在这儿就在那儿，哪儿都去。我希望我们也许能把他弄到桑迪顿。我想让你结识他——对这个地方会是件好事！——像西德尼这样的年轻人，他装配讲究气质时髦——玛丽，你我都知道可能带来怎样的结果：这将克服人们对伊斯特本和黑斯廷斯的偏见，给我们带来许多体面的家庭，许多审慎的母亲，和许多漂亮的女儿。"

他们此时正在接近桑迪顿的教堂和真正的村子，坐落于他们即将攀登的小山脚下——山坡树林掩映，还有桑迪顿大宅的圈地，山顶是一大片开阔地带，也许很快能见到新的建筑。山谷只有一条岔路倾斜蜿蜒至海边，带来一条不大的溪流，在溪口形成第三个居住地带，是一小群渔夫的住所。

原来的村子只有一些乡舍，但已经捕捉到时代的精神，正如帕克先生高兴地为夏洛特指出，两三座最好的房子已经装上漂亮的白色窗帘，挂上了"房屋出租"的牌子；更远之处，在一座旧农舍小小的绿色庭院里，果真看见两位身穿优雅白衣，捧着书本，坐在折凳上的女人——在面包店转弯时，也许能听见从楼上的窗扉传出的竖琴声。

这样的景致和声音会让帕克先生幸福至极——并非他对村庄本身的成功有任何个人考虑；因为考虑到它距离海滩太远，他没在那儿做什么——但这是此处总的来说变得越发时髦的宝贵证明。如果**村子**能吸引游客，也许山丘会几乎爆满——他期待着一个令人惊喜的季节——去年的同一个时间（七月下旬），村里没有一个人来住！——他也不记得整个夏天有任何人过来，除了一个带孩子的家庭，他们从伦敦来到海边给孩子治疗百日咳，孩子的母亲不让他们靠近海滩，担心他们跌进海里。

"文明，真的是文明！"帕克先生愉快地叫道，"瞧，我亲爱的玛丽——看看威廉·希利的橱窗——蓝色鞋子，还有南京靴！——谁会指望在老桑迪顿的鞋匠家看到这样的景象！——这是一个月中的新变化——真是太棒了！——哎呀，我想我**已经**在有生之年做了些什么——现在，去我们的山丘，我们空气清新的山丘。"

登山时，他们路过了桑迪顿大宅的看守小屋，看见大宅的屋顶本身被树林掩映。这是那片教区最后一座过去的房子。稍稍往上，便是现代的开始。穿过草场时，一座景观大宅，一座贝尔维尤乡舍和一个德纳姆广场，将会被夏洛特怀着忍俊不禁的好奇感平静地看着，而帕克先生则以热切的双眼，期待几乎看不见一座空房子——窗户上的广告比他想象的多，山上见到的人比他预计的少——更少的马车和更少的行人。他本以为这正是一天之中人们全都结束游玩回来吃饭的时候——不过沙滩和草坪总能吸引一些人——一定是涨潮的时候，此时大约涨了一半。他渴望站在沙滩，来到悬崖，在他自己的房子里，同时在他屋外的任何地方。刚看见大海他就兴致勃勃，几乎已经感觉到他的脚踝变得更加强壮。

特拉法尔加大宅建在草场的最高处，是一座清新优雅的建筑，坐落于一小片草坪中，周围是刚刚种植的树木，距离陡峭却不算高耸的悬崖大约一百码——是所有房子中靠得最近的一座，除了一小排看上去很整洁的房子，叫作排屋，前面是一条宽阔的步道，渴望能成为此处的商场。在这排屋子里有最好的米伦店和图书馆——不远处，是一座旅店和台球室——从这儿开始向下延伸至海滩，以及沐浴车——因此这是最令人喜爱的美丽时尚之所。

特拉法尔加大宅耸立在排屋后面的不远处，旅行者们在那儿平安下车，爸爸妈妈和孩子们都愉悦欢喜。夏洛特得到她自己的房间后，站在她宽大的威尼斯窗户①前，看着眼前无数尚未完工的房子，随风飘扬的织布，房屋的顶端，以及在阳光和清新空气中舞动闪耀的大海，得到了足够的乐趣。

---

① 威尼斯窗通常有三扇，中间的那扇最宽大，两边较狭窄。

第五章

当他们在晚餐前遇见时，帕克先生正在翻阅信件——"没有一封西德尼的信！"他说，"他是个闲散的家伙——我从威灵登写信和他说了我的事故，以为他肯定会答复我——但这也许暗示着他本人会过来——我相信有可能——不过这儿有一封某个妹妹的来信。**她们**从不让我失望——女人是唯一能信赖的通信者——现在，玛丽（朝他妻子微笑着）——在我打开前，我们猜猜是谁写来的健康状况——或者如果西德尼在这儿会怎么说？——西德尼是个粗鲁的家伙，海伍德小姐——你必须知道，他会认为我两个妹妹的抱怨中有许多想象的成分——但真的并非如此——或者很少。她们身体很糟，你经常听我们说起，总会有各种严重的不适——说实话，我相信她们一天也没健康过。与此同时，她们是极其有用的好女人，那么兴致盎然，所以但凡需要做任何好事，她们都会强迫自己尽力而为，在那些不太了解她们的人看来，显得异乎寻常——但她们的确并非装腔作势。她们只是常常有着更虚弱的体质和更强大的头脑，分开或是合在一起——我们的小弟弟和她们住在一起——我很遗憾地说，他刚满二十岁，几乎和她们本人一样体弱多病——他的身体特别虚弱，以至于什么也不能做——西德尼嘲笑他——但这真的并非笑话——尽管西德尼常常让我情不自禁地嘲笑他们所有人——现在，如果他在这儿，他会主动猜测，不是苏珊、戴安娜，就是亚瑟，从这封信看来，似乎一个月内就会濒临死亡。"

他浏览了信件，摇摇头说道："我很遗憾地说没机会在桑迪顿见到他们了——的确是对他们无关紧要的描述。说真的，**很无关紧要的描述**——海伍德小姐，如果你允许，我会大声读出戴安娜的信——我喜欢让我的朋友们彼此熟悉——恐怕这是我能让你们彼此熟悉的唯一方式——我对戴安娜的讲述毫无顾虑——因为她的信能确切展现她的样子，是世界上最活跃、友好、热情的人，因此一定能留下好印象。"他读了起来。

> 我亲爱的汤姆，我们都为你的事故深感难过。要不是你说自己落入了那样的好人之手，我本来会不顾一切地在收到你信件的第二天就来到你身边，尽管收到信时我胆汁痉挛的老毛病比平常更加严重，让我几乎无法从床上爬到沙发——不过你得到了怎样的治疗？——下封信要写得更加细致——如果只是扭伤，像你说的那样，什么都不如摩擦有用，只需用手摩擦，如果能**立即**做到——两年前我碰巧去拜访谢尔登太太，当时她的车夫在清洗马车时扭伤了脚，几乎无法一瘸一拐地走进屋子——但我们马上坚持不懈地只以摩擦的办法，（我用自己的手一刻不停地在他的脚踝上摩擦了六个小时）——他三天之内就好了——非常感谢我亲爱的汤姆，因为他很大程度上出于对我们的好意，导致了你的事故——但请别为了帮助我们寻找外科医生，再次陷入危险，因为你们即使让最有经验的外科医生来到桑迪顿，对我们也是没有用

处。我们已经和所有的外科医生彻底了断。我们已经看过一个又一个外科医生却徒劳无益，直到我们相信他们对我们毫无作用；我们必须相信我们对自己可怜体质的了解，减轻任何痛苦——但如果你觉得有必要为了那个**地方**，找个外科医生过来，我会很乐意答应此事，并毫不怀疑能够做到——我能很快检测出最佳人选——至于让我本人去桑迪顿，这几乎没有可能。我很伤心地说我不敢尝试，我的直觉明明白白地告诉我，以我目前的情况，海风也许会要了我的命——我的两位亲爱的同伴都不愿离开我，否则我会催他们去你那儿住两个星期。但事实上，我怀疑苏珊的神经能否承受旅途的辛劳。她一直头痛，连续十天，每天六只水蛭①都没有作用，我们认为应该换个方式——检查后我们相信问题主要出在她的牙龈上，我劝说她从那儿解决不适。于是她为此拔了三颗牙，明显好多了，但她的神经非常脆弱。她只能低声说话——今天上午在可怜的亚瑟试着抑制咳嗽时晕过去两次。我很高兴地说，他还不错——尽管比我希望的更加怠倦——我担心他的肝——在你们一起去城里后，我从未收到西德尼的来信，但相信他去怀特岛的计划没有实施，否则我们能在他的旅途中见到他——我们真心诚意地祝愿你们在桑迪顿有个旺季，虽然我们不能亲自为你们这些时髦精英做出贡献，我们却在竭尽全力为你们送去值得拥有的同伴：想想吧，我们也许能明确期待给你们送去两个大家庭，一个是来自萨里

---

① 用水蛭吸血作为治疗。

的有钱的西印度人①，另一个是坎伯威尔②寄宿学校或学院的一群最体面的女孩——我不会告诉你我已经为这件事牵涉了多少人——费尽心思——但成功是最好的回报。你最挚爱的。

"好了，"帕克先生读完后说道，"虽然我敢说西德尼会在这封信中找到一些特别好玩的地方，能让我们一起笑上半个小时。我宣称我本人，除了特别可怜或特别可信的内容外，别的什么也没看见——尽管她们痛苦万分，你能看出她们是怎样忙着给别人带来好处！——为桑迪顿那么担忧焦虑！两个大家庭——一家也许能住进景观大宅，另一家在德纳姆广场 2 号——或者排屋末尾的那座房子——在旅店里加几张床——我对你说过我的妹妹是极好的女人，海伍德小姐。"

"我相信她们也是非同寻常的女人，"夏洛特说，"信中的愉悦风格令我吃惊，考虑到两姐妹似乎都处于的状态！——一次拔掉三颗牙！——太吓人了！——你的戴安娜妹妹看似几乎病入膏肓，但你苏珊妹妹的那三颗牙齿，比其他一切更加凄惨。"

"哦！——她们太习惯手术了——习惯于任何手术——而且那么坚强！"

"我敢说你妹妹知道她们在做什么，但她们的方式似乎在走极端——我感觉无论生了什么病，**我**会急于寻求专业意见，绝不

---

① 指在西印度从蓄养黑奴的种植园中获得大量财富的英国人，如《曼斯菲尔德庄园》中的托马斯爵士。
② 萨里郡因为丰富的矿泉水资源是很受欢迎的度假胜地。

会为自己或我爱的任何人贸然决定！——不过，**我们**是非常健康的一家人，所以我无法对自我治疗的习惯做出评价。"

"哎呀说实话，"帕克太太说，"我**的确**认为帕克小姐们有时太过极端——亲爱的你也是，你知道——你常常认为她们如果少关心自己，身体会更好——尤其是亚瑟。我知道你认为她们竟然让**他**那么容易生病，真是特别遗憾。"

"好了，好了——我亲爱的玛丽——我承认，对于可怜的亚瑟**的确**不幸，他竟然会在他的年龄被鼓励着陷入病痛。这**确实**糟糕——这**的确**很糟，他竟然会想象自己病得无法做任何事情——在二十一岁时坐在家里，靠着他本人那点财产的利息，完全没想过尝试提升，或从事任何对他本人或别人有益的职业——但让我们谈谈更愉快的事吧——这两个大家庭正是我们想要的——不过——我们眼前有更令人愉快的事情——摩根和他的'开饭了'。"

第六章

这些人吃饭后很快走动起来。帕克先生不早点去看图书馆和图书馆的订阅册就无法满意。夏洛特也很乐意尽快去看这些，一切对她而言都很新鲜。他们在海滨一天中最安静的时候出去了，此时吃饭或餐后坐坐的重要事务正在几乎每个有人居住的屋子里进行着——也许能零星看见一个孤独的老人，他必须为了健康而早早走动——但总的来说，这儿人迹全无，排屋、悬崖和沙滩上都空空荡荡、安安静静。

商店空无一人——屋内屋外的草帽和花边垂饰似乎都任由它们自生自灭；图书馆里的惠特比太太正坐在她的里屋，读着一本她自己的小说，因为无事可做。订阅人名单不过平平常常。德纳姆夫人，布里尔顿小姐，帕克夫妇——爱德华·德纳姆爵士和德纳姆小姐，也许可以说他们的名字引领了这个季节，随后只有——马修斯太太，马修斯小姐，E. 马修斯小姐，H. 马修斯小姐——布朗博士和太太——理查德·普拉特先生——史密斯R. N. 中尉和利特尔上校——莱姆豪斯——简·费舍尔太太，费舍尔小姐，斯克罗格斯小姐——神父汉金先生，比尔德先生——格雷斯·英律师——戴维斯太太和梅里韦瑟小姐——帕克先生只能感觉这个名单不仅毫不出色，也比他期待的人数少得多。然而刚到七月，八月和九月才是旺季——除此之外，答应从萨里和坎伯威尔过来的两个大家庭，随时都能带来安慰。

惠特比太太赶紧从她的文学小憩中走上前来，很高兴再次见到帕克先生，他的态度人人喜爱。当两人忙于各种客套问候和交流时，夏洛特已经在名单上添加了自己的名字，作为预祝这个季节成功的第一份贡献。惠特比小姐刚从梳妆室赶下来，满头闪亮的卷发，浑身漂亮的饰品招呼着她，于是她立即忙着买些东西，给每个人带来更多好处。

图书馆①当然一切应有尽有；世界上一切无用的东西都必不可少。在众多的美丽诱惑面前，帕克先生又那么好心好意地鼓励消费，夏洛特开始觉得她必须克制自己——或者说她想到在二十二岁的年纪她没理由不这么做——她不能在第一个晚上花完所有的钱。

她拿起一本书，碰巧是一卷《卡米拉》②。她没有**卡米拉**的年轻时代，也无意体会她的痛苦——因此，她从满抽屉的戒指和胸针转过身，抑制了更多诱惑，为她购买的东西付了钱——为特别让她满意，他们那时准备走到悬崖去——但他们离开图书馆时遇见了两位女士，她们的到达必然带来了一些变化，是德纳姆夫人和布里尔顿小姐。

她们已经去了特拉法尔加大宅，从那儿被指引到图书馆。尽管德纳姆夫人非常活跃，认为一英里的步行完全无需休息，还说

① 指私人成立的流动图书馆，借阅者需要缴纳费用，通常为年费。里面通常有许多尤其受女性喜爱的小说，同时出售书籍和饰品。从《简·奥斯汀书信集》中可看出她和家人也是图书馆的订阅人。
② 弗朗西斯·伯尼（1752—1840）于1796年创作的小说。书中的卡米拉因为花钱过多，将自己和家人卷入一场离奇的磨难。

要马上回去，但帕克一家知道劝她进屋，让她只好同他们一起喝茶对她而言最为合适，因此去悬崖的漫步让位于立即返回家中。

"不，不，"夫人说，"我不会让你们为了我而匆忙喝茶。我知道你们喜欢晚点喝茶——我很早喝茶的习惯不能给我的邻居们带来不便。不，不，我和克拉拉小姐将自己回去喝茶——我们出来没有别的想法——我们只想来看看你们，确认你们真的来了，但我们要回去自己喝茶。"——不过她继续走向特拉法尔加大宅，静静地占据了客厅——似乎完全没听见帕克太太在她们进来时，吩咐仆人立刻上茶。夏洛特为不能散步得到了足够的安慰，因为发现自己正和那些人在一起，而上午的交谈让她对见到她们产生了强烈的好奇心。

她仔细观察着她们。德纳姆夫人中等个头，结实、挺拔、行动敏捷、目光锐利，一副自鸣得意的样子——但并非惹人讨厌的神情——虽然她的举止直率唐突，像是自以为能够直言不讳的人，她却愉悦热诚——彬彬有礼，乐意同夏洛特本人结识，对她的老朋友真心表示欢迎，她似乎发觉这引起了好感——至于布里尔顿小姐，她的相貌完全证实了帕克先生的夸赞，让夏洛特认为她从未见过更可爱或更有趣的年轻女子——她高挑优雅、匀称漂亮，皮肤非常细腻白皙，有着温柔的蓝眼睛，甜美谦逊却自然得体的话语，夏洛特只能从她身上看出她留在惠特比太太书架上的所有书卷中，任何最美丽迷人的女主角的完美化身——也许这部分因为她刚从一个流动图书馆出来——但她无法将完美女主角的概念和克拉拉·布里尔顿分开。她和德纳姆夫人一起生活也对此非常有利！——她似乎被故意置于受人虐待的处境。如此的贫穷与依附同这样的美貌与美德相结合，似乎令此事别无选择。

这些感觉并非夏洛特本人任何浪漫情怀的结果。不，她是个头脑非常清醒的年轻小姐，读了足够的小说为她提供愉悦的想象力，但绝非受到它们不合情理的影响；当她在前五分钟想象着有趣的克拉拉命中**应有**的迫害，尤其来自于德纳姆夫人这方最野蛮的行为时，她却从随后的观察中，毫不犹豫地承认她们似乎相处得非常融洽——她能觉察的德纳姆夫人的唯一缺点是那种老派的礼节，总是称她为**克拉拉小姐**——而克拉拉对她的恭顺和关心也绝非令人不快——在一方似乎是有心保护的善意，另一方则是感激真挚的尊敬。

谈话彻底转向桑迪顿，目前的游客数量，以及旺季的可能性。德纳姆夫人显然比她的助理更加焦虑，更担心损失。她希望更快填满这个地方，似乎对有时将房间低价租出感到心烦意乱、忧心忡忡——戴安娜·帕克小姐的两个大家庭没被忘记。

"很好，很好，"夫人说，"一个西印度家庭和一所学校。那听起来不错。那会带来钱。"

"我相信，谁都不及西印度人花钱大方。"帕克先生说。

"是的——我也听说了——因为他们钱包很鼓，也许，自以为能和你们这些古老的乡村家庭平起平坐。可是他们花钱如流水，却从未想过是否会抬高物价，造成恶果——我已经听说西印金人①就是那样——如果他们来到我们当中，抬高我们生活必需品的价格，帕克先生，我们不会给他们太多感谢。"

---

① 原文为"west-injines"，可能是德纳姆夫人的口误，或她对此不太了解。

"我亲爱的夫人，他们只能提高消费品的价格，有了对那些的大量需求，以及在我们中间那样的金钱流通，一定会对我们利大于弊——我们的屠夫，面包师和商贩总的来说如果不能给**我们**带来繁荣就无法致富——如果**他们**不盈利，我们的房租肯定没保障——我们的盈利一定和他们成正比，最终从我们房屋的增值中得到体现。"

"哦！——好——可是我不喜欢让我们的屠夫提高肉价——我会尽量保持低的肉价——是的——我看见那位年轻小姐笑了——我敢说她认为我是个古怪的人——不过**她**自己迟早也会在乎这些事情。是的，是的，我亲爱的，毫无疑问，你迟早会考虑屠夫的肉价——尽管你也许不像我这样，碰巧有一屋子的仆人要养活——我的确相信，仆人最少的**那些人**最无忧——我并非讲究排场的女人，这尽人皆知，要不是因为对可怜的霍利斯先生的回忆，我绝不会像现在这样维持桑迪顿大宅——这不是为我自己高兴——好了帕克先生——另一家是所寄宿学校，一所法国寄宿学校，是吗？——那没有坏处——她们会住满六个星期——在这么一大群人中，说不定有人会大手大脚，而且想喝驴奶——我此时有两头产奶的驴——但也许这些小女孩会损坏家具——我希望她们会有一个严厉的好老师来照料她们。"

可怜的帕克先生因为他威灵登之行的目的，从德纳姆夫人那儿得到的认可完全不比从他妹妹那儿多。"天哪！我亲爱的先生，"她叫道，"你怎能想到这样的事情？我很遗憾你遇上了事故，但说实话你在自讨苦吃——寻找一位外科医生！——哎呀，我们这儿要外科医生做什么？这只会鼓励我们的仆人和穷人想象他们病了，如果身边有个外科医生——哦！拜托，别在桑迪顿让我们当中出现这样一个人。我们一直过得很好。有大海，草场和我的奶驴——我已经告诉惠特比太太如果有任何人想要室内木马①，他们也许能以很好的价格得到——（可怜的霍利斯先生的室内木马和新的一样）——人们还能想要什么呢？——我已经在这世上好好活了七十年，看外科医生没超过两次——这辈子从来没有为了我自己，见过外科医生的脸——我真的相信假如我可怜又亲爱的哈里爵士也从未见过任何一位，他现在应该还活着——那个人接连不断地拿了十次诊疗费，让他送了命——我请求你，帕克先生，别让外科医生过来。"

茶具端进来了。

"哦，我亲爱的帕克太太——你真不该这样——你为何这样做呢？我正要向你们告别呢。但既然你这么热情好客，我相信我和克拉拉小姐必须留下。"

---

① 原文有"Chamber-Horse"和"Chamber-House"两个版本。"室内木马"指一种让人在室内模拟骑马的设备。

第七章

受人喜爱的帕克夫妇第二天就有了几位客人——在他们中间，有爱德华·德纳姆爵士和他妹妹，他们刚从桑迪顿大宅乘坐马车过来问候；夏洛特刚刚完成了写信的任务，和帕克太太坐在客厅，及时见到了他们所有人。

只有德纳姆兄妹能引起特别的关注。夏洛特很高兴被介绍和他们认识，由此了解了整个家庭，并发现至少他们当中更好的另一半——（因为在单身时，**先生**有时会被看成更好的那一半）——并非不值得注意。

德纳姆小姐是个漂亮的年轻小姐，但冷漠又矜持，让人觉得她既对自己的地位感到骄傲，又对她的贫穷感到不满；因为车夫还在她眼前牵引着他们简陋的双轮轻便马车①，让她顿时想要更漂亮的装备并为此苦恼——爱德华爵士在风度举止上比她强得多——当然很英俊，但更引人注目的是他得体的谈吐，以及他想要献上殷勤并带来快乐——他气宇轩昂地走进屋子，侃侃而谈——对他碰巧坐在身边的夏洛特说了很多话——她很快发现他相貌俊秀，温柔的声音极其令人愉悦，而且非常健谈。

她喜欢他——尽管她头脑清醒，她依然觉得他讨人喜爱，也

①　原文为"gig"，和《傲慢与偏见》中柯林斯先生的马车相同。

毫不怀疑他认为她同样如此，这**可以**从他显然不顾他妹妹想走的示意，还是坐在那儿继续交谈看出——我不为我女主角的虚荣表达任何歉意——如果世界上有着在她这个年龄的年轻小姐，既不爱幻想又对别人的取悦无动于衷，我不认识她们，也永远不想认识她们。

从客厅低低的法式窗户可以看见大路以及穿过草场的所有小路，当夏洛特和爱德华爵士坐在那儿时，终于看见德纳姆夫人和布里尔顿小姐走过来——爱德华爵士的神情立即有了细微的变化——在她们前行时焦急地看着她们——随后很快向她妹妹提议——不仅走动起来，而是一起走到排屋——这总的来说改变了夏洛特的幻想，治愈了她半个小时的狂热，在爱德华爵士离开后，让她更有能力评判他其实有**多么**讨人喜欢。"也许他的气质谈吐很令人喜爱，他的爵位对他也没有坏处。"她很快又和他来到一起。

帕克夫妇家上午所有的客人都离开后，他们自己的第一件事情是走出去——排屋对所有人都有吸引力。每个散步的人，都必须从排屋开始；在那儿，坐在石子步道上两条绿色长凳的一条上面时，他们发现了走在一起的德纳姆家的人——但虽然他们总的来说走在一起，却显然再次分开了——两位年长些的女士坐在长凳的一端，爱德华爵士和布里尔顿小姐坐在另一端——夏洛特瞥了第一眼，就看出爱德华爵士完全是个情人的样子——他对克拉拉的爱慕毫无疑问——克拉拉对此怎样接受，不那么明显——但她愿意认为不太有利；因为虽然同他一起这样离开别人（也许她无力阻止），她的神情却冷静严肃——坐在长凳另一端的这位年轻小姐正在苦修，这毋庸置疑。

德纳姆小姐表情的改变，从坐在帕克太太客厅里冷漠高贵的德纳姆小姐，需要别人努力让她不再沉默，变成坐在德纳姆夫人身旁的德纳姆小姐，或笑意盈盈或关心热切地听着说着，这样的变化非常引人注目——非常妙趣横生——或非常令人忧伤，恰似讽刺剧或道德剧可能带来的效果。夏洛特对德纳姆小姐的性格已经有了明确定论。

爱德华爵士的性格需要更长时间的观察。当他们全都走过去并同意一起散步时，他离开克拉拉，完全向她本人献殷勤，令她非常吃惊——他站在她身旁，似乎有意尽量让她远离其他所有人，专心致志地同她一人说话。他以很有品位、非常动情的语调，谈起了大海和海滨——兴致勃勃地列举了赞赏其庄严①，描述这些在敏感的心灵中激起的**不可描述**的情感的所有常用语句——暴风雨中海洋的壮丽浩瀚，风平浪静时明镜般的水面，海鸥和海藻，深邃的洋底，大海的瞬息万变，危险的欺骗，水手们在阳光的诱惑下出航，被突然的暴风雨吞噬，所有这些都被热切流畅地提及——也许都是陈词滥调——但从一位英俊的爱德华爵士的口中说出也非常动听——她忍不住觉得他是个感情丰富的男人——直到他以滔滔不绝的引用和一些莫名其妙的话语让她感到犹豫。

"你记得吗，"他说，"斯科特关于大海的美妙诗句？——哦！描述得多么动人！——当我在这儿散步时从来不会想不到它

---

① 指不同于美丽的一种令人震惊、难以置信的景象。

们——那些能无动于衷地阅读它们的人一定有着杀手的神经！——上天保佑我在遇上这样的人时免受伤害。"

"你指的是什么描述？"夏洛特说，"此时我从斯科特的任何诗中，想不起关于大海的句子。"

"真的吗？——我此刻也不能确切想起开头——可是——你不会忘记他对女人的描述。"

> 哦！在我们安逸时刻的女人——

"美极了！美极了！——就算他别的什么都没写，他也会永垂不朽。还有，那出类拔萃、无与伦比的关于父母亲情的诗词。"

> 一些感情将赋予凡人，
> 既有尘世之爱更有天堂之光①

"不过当我们正在谈论诗歌的话题时，海伍德小姐，你认为彭斯写给他的玛丽的诗句如何？——里面的感情令人疯狂！——如果真有一个能够**感知**的人，那就是彭斯——蒙哥马利有着诗歌火一般的热情，华兹华斯拥有它的真正灵魂——坎贝尔②在他愉悦的希望中触碰到我们极致的情感——'宛如天使降临，难以企及。'你能想象出比那行诗句更让人顺从，更使人温柔，更令人

---

① 指诗人沃尔特·斯科特爵士（1771—1832）的诗句。
② 分别指罗伯特·彭斯（1759—1796）；詹姆斯·蒙哥马利（1771—1854）；威廉·华兹华斯（1770—1850）；托马斯·坎贝尔（1777—1844）。

赞叹的诗词吗？——可是彭斯——我承认我觉得他卓尔不群，海伍德小姐。如果斯科特有个缺点，那就是缺乏热情——温柔，优雅，描述细腻——却**平淡乏味**——这个无法公正对待女人天资的男人令我鄙夷——有时的确好像有一丝感情点亮了他——正如在我们刚刚提到的诗句中——'哦！在我们安逸时刻的女人'——但彭斯始终热情似火——他的灵魂是供奉可爱女人的圣坛，他的精神真正呼吸着她应有的不朽芬芳。"

"我已经非常愉快地读了几首彭斯的诗，"夏洛特刚有时间开口便说道，"但我还不够诗意，能把一个男人的诗歌和他的性格完全分开——众所周知可怜的彭斯行为不当，这大大影响了我对他诗词的喜爱——我很难相信他**真有**作为情人的感觉。我不相信他描述的男人感情的**真诚**。他有了感觉，写下来，然后就忘记了。"

"哦！不，不，"爱德华爵士狂热地叫道，"他热情似火，真心诚意！——他的天分和他的脆弱也许使他误入歧途——但谁能完美？——期待从一个高调的天才灵魂中，得到平庸头脑的卑躬屈膝，这是过度批判，是虚伪哲理——男人心中的热烈情感带来的耀眼才华，也许和一些乏味的正派生活格格不入——就算你，最可爱的海伍德小姐，"（一副满怀深情的样子）——"没有任何女人能公正评价一个男人在无限激情的极度冲动下，可能说出的话、写出的诗或做出的事。"

这话很妙——但如果夏洛特真的理解，却不太道德——她完全没对他异乎寻常的恭维方式感到高兴，便严肃地答道："我对此事真的一无所知——这是迷人的天气。我猜一定是南风。"

"幸福的，幸福的风儿，能占据海伍德小姐的心思！"

她开始认为他愚蠢至极——他选择和她散步，她已经试着弄清楚了。这是为了惹恼布里尔顿小姐。她从他一两次焦急的瞥视中看了出来——但除非他无法做得更好，否则他竟然说出那么多废话，真是莫名其妙——他似乎特别多愁善感，充满这种感情或那种感情，酷爱所有最时髦的晦涩词语——她认为他的头脑不太清醒，说的许多话都是死记硬背——未来也许能更好地解释他——但得到去图书馆的提议时，她感觉她这一个上午已经受够了爱德华爵士，便欣然接受了德纳姆夫人的邀请，和她一起留在排屋。

其他人都离开了她们，爱德华爵士带着殷勤又绝望的神情勉强离开，她们全都感到愉快——也就是说，德纳姆夫人像个真正了不起的夫人那样滔滔不绝，而且只谈论自己关心的事情，夏洛特听着——想着她两个同伴的差异感到好笑。

当然，在德纳姆夫人的话语中，没有接连不断令人生疑的感情，也没有令人费解的晦涩话语。她轻松自在地挽起夏洛特的胳膊，感觉来自她的任何关注都是一份荣耀；她的交流也源于同样的自高自大，或是天生喜爱说话。她立刻以洋洋自得的语气，带着狡黠睿智的神情说道："埃丝特小姐想让我邀请她和她哥哥同我在桑迪顿大宅住一个星期，就像我去年夏天做的那样——可我不会——她一直试着以各种夸赞取悦我；但我看出她想要什么——我全都看透了——我不是那么容易被欺骗，我亲爱的。"

夏洛特想不出更无关紧要的话，只好简单问道："爱德华爵士和德纳姆小姐？"

"是的，我亲爱的，**我的年轻人**，我有时这样叫他们，因为我也亲手养大了他们。去年夏天我让他们来我这儿，大约这个时候，住了一个星期，从星期一到星期一；他们很高兴也很感激——因为他们是很好的年轻人，我亲爱的。我不愿让你以为我**只是**为了可怜又亲爱的哈里爵士才关注他们。不，不；他们本身就很值得看重，或者相信我，他们不会过多和**我**做伴——我不是盲目帮助任何人的那种女人——我总是小心地弄明白我在做什么，以及我要和谁打交道，在此之前不会轻举妄动——我觉得我这辈子从未上当受骗；这对一个能说自己结了两次婚的女人非常重要——可怜又亲爱的哈里爵士（我们私下说说）起初想得到更多——但（带着一丝叹息）他已经走了，我们绝不能挑剔死去的人。谁也不能比我们在一起时更加幸福——他是非常可敬的人，完全有着古老家庭的绅士风度——在他死了以后，我把他的金表给了爱德华爵士。"

她说话时看着她的同伴，神情表明这应该留下深刻印象——因为从夏洛特的表情中完全看不出狂喜惊讶之色，很快又说道："他没有把它赠送给他的侄子，我亲爱的——这不是遗赠。这没有写进遗嘱。他只告诉了我，**那**只说了一次，说他希望他的侄子得到这块表；但如果我不选择这样做，本来并非必须。"

"真是非常好心！特别大方！"夏洛特说，纯粹被迫假装赞赏。

"是的，我亲爱的——这并非我为他做的**唯一**好事——我是爱德华爵士很慷慨的朋友。作为贫穷的年轻人，他非常需要——因为虽然我只是遗孀，我亲爱的，而**他**是继承人，我们之间的情况和那两群人的常规情形并不相同——我没有从德纳姆产业中得到一个先令。爱德华爵士不能让**我**给出任何钱。他没有高高在上，相信我——是**我**在帮助**他**。"

"真的！——他是个很好的年轻人，谈吐特别优雅。"——说出这话主要是为了说些什么——但夏洛特马上看出这让她受到怀疑，德纳姆夫人敏锐地瞥她一眼，答道："是的，是的，他看上去很不错。希望某位财产丰厚的小姐会这样想——因为爱德华爵士**必须**为钱结婚——我和他常常探讨此事——像他这样英俊的年轻人，会四处谈情说爱，向女孩们献殷勤，但他知道他**必须**为钱结婚——爱德华爵士总的来说是很稳重的年轻人，有着清醒的头脑。"

"爱德华·德纳姆爵士，"夏洛特说，"他那么仪表堂堂，几乎肯定能得到一位有钱的女人，只要他愿意。"——此番磊落的情感似乎完全消除了怀疑。"是的，我亲爱的，这话说得很有道理，"德纳姆夫人叫道，"但愿我们能把一个年轻的女继承人带到桑迪顿！可是女继承人少之又少！自从桑迪顿成为公共场所以来，我想我们没在这儿见过女继承人，或甚至共同继承人。一户户家庭来到这里，但据我所知，不到百分之一拥有任何真正的财产、地产或资金——也许有收入，但没有财产。也许是牧师，或城里的律师，或收入不高的办事员，或只有一份划定遗产的寡妇。这样的人能给谁带来任何好处？——除非当他们租下我们的空屋子（我们私下说说），我会认为他们不待在家里真是大傻瓜。现在，要是我们能有一个年轻的女继承人因为身体原因被送到这儿——（如果她可以喝我能为她提供的驴奶）——一旦身体恢复，就让她爱上爱德华爵士该多好！"

"那的确是非常幸运。"

"埃丝特小姐也必须嫁个有财产的人。她必须得到一个富有的丈夫。唉！没钱的年轻小姐非常令人同情！——可是，"停顿片刻后，"如果埃丝特小姐想要劝我邀请他们住进桑迪顿大宅，她会发现自己错了——对我而言自从去年夏天事情就变了，你知道。我现在有克拉拉小姐陪着我，这就大不相同。"

她说这话的语气非常严肃，让夏洛特立即从中看出真正洞察力的迹象，准备做些更详尽的评价——但随后只是："我不想让我的房子像旅店一样人满为患。我不愿让我的两个女仆整个上午的时间都花在打扫卧室上——她们每天要整理克拉拉小姐和我本人的房间——如果屋子更难打扫，她们就会要更高的薪水。"

夏洛特对这种性质的反对意见完全没有准备，发觉根本无法假装同情，只能一言不发。

德纳姆夫人很快又欢喜地说道："除了所有这些，我亲爱的，难道只因为我住在桑迪顿，就要填满我的屋子吗？如果人们想去海边，他们为何不租房子呢？——这儿有许多空房子——这排屋就有三座空房子；此时不少于三张招租广告在瞪着我的脸，是三号、四号和八号。八号的边屋也许对他们来说太大了，但另外两个都是舒适的小屋，很适合年轻的绅士和他妹妹——因此，我亲爱的，下次埃丝特小姐开始说起德纳姆庄园的潮湿，以及沐浴总能带给她的好处，我会建议他们过来，租下某座房子住两个星期——你不认为那样很好吗？仁慈始于家庭，你知道。"

夏洛特感到既有趣又愤怒——但更多是愤怒，而且愈发愤怒——她不动声色，礼貌地保持了沉默。她无法继续忍耐；但她没有试着再听下去，只知道德纳姆夫人还在以同样的方式继续说话，让她自然而然地产生了这样的想法。

"她小气极了。我没料到会这么差劲。帕克先生把她说得太好了。他的判断力显然不可信。他本人的善良误导了他。他心肠太好，无法看清事实。我必须自己评判。正是他们的**关系**让他有些偏袒。他已经说服她做同一个投机——因为他们在那儿有共同的目标，他以为她在别的方面也和他感觉相似。但她非常、非常小气——我完全看不出她的优点——可怜的布里尔顿小姐！——她会把她身边的每个人都变得小气——这个可怜的爱德华爵士和他妹妹——我说不清他们的生性能让他们有多可敬——但他们因为对她的屈从**只好**变得小气。我也小气，因为向她献上了我的殷勤，看似在附和她。当有钱人很卑鄙时，情况就是这样。"

第八章

　　两位女士继续一起走着，直到别人加入她们。这些从图书馆出来的人身后跟着一个年轻的惠特比，他胳膊下面夹着五卷书，跑到爱德华爵士的马车前——爱德华爵士靠近夏洛特说："你也许能看出我们在做什么。我妹妹想让我帮她挑选一些书——我们有许多闲暇时间，读了很多书——我绝非不加选择的小说读者。普通流动图书馆里仅有的那些垃圾，我对此嗤之以鼻。你永远听不到我鼓吹那些幼稚的作品，不过是详细讲述了毫无裨益的一些自相矛盾的原则，或那些平淡无奇的寻常事件，从中得不到任何有用的结论——我们也许徒劳无益地把它们放进了一个文学蒸馏器；我们提取不出任何推动科学的内容。我相信你理解我吧？"

　　"我不确定我理解。但如果你能描述你**确实**赞赏的那种小说，我敢说这会给我更清晰的想法。"

　　"非常乐意，可爱的提问者——我赞赏的小说能够气势恢宏地表现人性——能够显示她庄严崇高的强烈情感——能够展现热烈激情的发展过程，从最初萌发的脆弱感情到失去一半理智的极限能量——从中我们能看出女性魅力的强烈诱惑点燃了男人灵魂中的熊熊烈焰，因而使得他——（虽然违背了古老的责任，冒着误入歧途的风险）——不择手段，胆大妄为，尽他所能，去得到她——这些是能让我读得乐此不疲的作品，我希望我可以说，也从中获益。它们最绝妙地描绘了崇高的理想，不羁的观点，无限的激情，不屈的决定——甚至当这件事总的来说会让主要角色，这个故事强大且无处不在的主人公高调的计谋陷入失败时，也会使我们对他满怀慷慨的同情——我们的心为之迷醉。如果认定我们对他的光辉事业，不比对任何对立角色平静病态的美德更无法自拔，那就是伪哲理。我们对后者的赞许不过是施舍的好意——这些是能拓展心灵原始能力的小说，读了这些书，会让人无法质疑那些最不幼稚愚蠢的人缺乏理智，或无视道德。"

"如果我对你理解正确，"夏洛特说，"我们对小说的品位完全不同。"

此时他们不得不分开，德纳姆小姐对他们所有人都厌倦不已，无法继续待在这儿。

事实上爱德华爵士因为环境的限制，大多数时候只待在同一个地方，读了太多不适合他的言情小说。他的幻想很早就被理查森①最激情四溢，最离经叛道的那部分作品吸引；此后似乎在追随理查森脚步的那些作家们，只要是和男人决心追求女人，无视一切情感与障碍相关的内容，都从此占据了他的大部分文学时间，并且塑造了他的性格。

他执拗的判断力，必然因为他天生缺乏很强大的头脑，让小说中恶棍的优雅、勇气、睿智与执着在爱德华爵士看来盖过了他所有的荒唐和所有的残暴。对他而言，这样的表现是天才、激情和信念——这令他兴致盎然、热情似火；他总是更渴望其成功，

---

① 指塞缪尔·理查森（1689—1761），是简·奥斯汀最喜爱的小说家之一。

为其失败满怀忧伤，远超作者的意愿。

虽然他的许多想法来自这样的阅读，然而说他不读其他任何作品，或是他的语言并非源于对现代文学的大体了解却并不公正——他读了当时所有的散文、书信、游记和评论——却同样不幸地让他从道德经验中汲取了错误的原则，从历史的颠覆中得到邪恶的诱惑，让他只从我们最喜爱作家的创作风格中获得了生僻的词语和晦涩难懂的句子。

爱德华爵士人生的伟大目标是诱惑女人——他知道自己的相貌极有魅力，也同样相信自己才华横溢，便将此视为责任——他觉得自己天生是个危险的男人——是个浪荡公子——他认为爱德华爵士这个称呼本身，也带有几分魅惑——在集市上不知疲倦地大献殷勤，对每个漂亮女孩言语轻浮，只是他必须扮演角色的低级部分——海伍德小姐，或其他任何有些姿色的年轻女人，（根据他本人的社会观念）他都有权在稍加认识后，以大献殷勤和狂热赞美的方式接近她们；但他只对克拉拉一个人有认真的打算；他想引诱的人是克拉拉。

他已经下定决心要诱惑她。她在各方面的境遇都要求他这样做。她是他在德纳姆夫人面前的争宠对象；她年轻，可爱，又依附于人——他很早就看出这样做的必要性，很久以来都试着谨慎又殷勤地打动她的心，并且破坏她的原则——克拉拉看透了他，完全无意受到诱惑——但她足够耐心地忍受着他，以便明确她的个人魅力已经引起的那种爱慕之情——事实上再大的挫折也不会影响爱德华爵士。他能抵御最强烈的鄙视或厌恶——如果不能用感情赢得她，他一定会把她带走。他知道自己要做什么——他已经对这件事思索良久。如果他**的确**只能这样做，他自然会希望弄出些新花样，超越那些领先于他的人——他很想弄清廷布科附近有没有适合接待克拉拉的独立房屋。可是哎呀！那种高明做法所需的花费不适合他的钱包，而审慎迫使他让他的意中人以安安静静，而非更轰轰烈烈的方式得到毁灭与耻辱。

第九章

一天，在夏洛特到达桑迪顿不久后，当她正要从沙滩走上排屋时，就愉快地看见用了驿马的一辆绅士马车停在旅店的门口，是刚刚到达。从拿下来的行李数量上看，也许能希望它带来了决心多住些日子的某个体面家庭。

她很高兴有这样的好消息告诉先前回家的帕克夫妇，便尽她所能敏捷地向特拉法尔加大宅走去，因为她过去的两个小时都在对抗着直接刮到海滩上的和煦微风；但她还没到小草坪，就看见一位女士在她身后不远处灵巧地走着。因为相信这一定不是她的熟人，她决定快点走，尽量赶在她前面进屋。但这位陌生人的步伐不允许她做到此事——夏洛特已经上了台阶按了门铃，但在另一位穿过草坪前门没有打开——当仆人出现时，两人刚好同时准备进入屋子。

这位女士的轻松自在，她的"你好吗，摩根?"以及摩根见到她时的表情，夏洛特一时感到吃惊——但下一刻帕克先生就进入大厅，欢迎他从客厅看到的妹妹，夏洛特很快被介绍给戴安娜·帕克小姐。见到她令人吃惊，但更让人高兴。

这对丈夫和妻子对她的欢迎极其热情。"她是怎么来的? 和谁同行? ——他们真高兴看到她能经受这样的旅程! ——她将和**他们**住在一起，是件理所当然的事情。"戴安娜·帕克小姐大约三十四岁，中等个头，身材苗条——容貌精致而非满脸病态；长着惹人喜爱的脸蛋和活泼的眼睛——她的举止在轻松坦率方面和她的哥哥相似，虽然语气多了分果断，少了些温柔。她马上说起了自己——感谢他们的邀请但"**那**完全没有问题，因为他们三人全都来了，打算找个地方住一段时间"。

"三个人都来了！什么！苏珊和亚瑟！苏珊也能来！这越来越好了。"

"是的——我们的确全都来了。简直无可避免——没别的事可做。你会听到全部。不过我亲爱的玛丽，把孩子们叫来，我很想见到他们。"

"苏珊是怎样承受这段旅程的？——亚瑟怎么样？——我们为何没见他和你一起过来？"

"苏珊极好地忍受了这段旅程。她在我们出发前的那个晚上完全没睡着，昨晚在奇切斯特也一点没睡，因为这对她来说不像对**我**那么寻常，我为她担心极了——但她一路都非常不错——没有因此而歇斯底里，直到眼前出现了可怜的老桑迪顿——发作得不算厉害——在我们到达你们的旅店时几乎结束了——所以我们能顺利地让她下了马车，只需伍德科克先生的一点帮助。当我离开她时她在指挥仆人搬运行李，帮着老山姆打开箱子——她让我向你们致以最热切的问候，非常遗憾她身体太弱，不能和我一起来。至于可怜的亚瑟，他本人倒并非不情愿，但风太大了，所以我认为他最好别冒险——因为我**确信**他有腰痛——因此我帮他穿上大衣，打发他去了排屋，给我们安排住处——海伍德小姐一定见到了我们的马车停在旅店前——我在草坪上看见她走在我前面时就知道是海伍德小姐——我亲爱的汤姆，我真高兴见你走得这么好。让我摸摸你的脚踝——很好；恢复得干净利落。对你肌腱的影响**极**小——几乎察觉不出。好了，现在要解释我为何来到这儿——我在信中对你说过，我想为你争取的两个大家庭——西印度一家，以及那个学院。"

这时帕克先生把他的椅子拉得离他妹妹更近，在他回答时再次亲亲热热地拉着她的手说："是的，是的，你是那么主动那么好心！"

"西印度一家，"她继续说道，"我视他们为两家中**更**合心意的一家，好中取优，据说是格里菲斯太太和她的家人。我只是通过别人知道了他们。你一定听我说过卡珀小姐，是**我**很特别的朋友范尼·诺伊斯特别的朋友——那么，卡珀小姐和一位达林太太关系密切，达林太太和格里菲斯太太本人一直通信。你看，只是我们中间一条**短短**的关系链，一环都不缺。格里菲斯太太打算去海边，为了她的孩子们——已经决定去苏塞克斯海滨，但还没确定去哪儿，想找个私密的地方，便写信问她朋友达林太太的想法——格里菲斯太太的信到达时卡珀小姐碰巧和达林太太待在一起，就这个问题被征询了意见。**她**当天写信给范尼·诺伊斯对她提到这件事——范尼为**我们**欢喜不已，立刻提起她的笔把情况告诉我了，只是没说**名字**——这最近才被得知——只有**一件**事需要**我**做——我从同班邮车回复了范尼的信件，劝她推荐桑迪顿。范尼担心你们没有足够大的房子接待这样一个家庭——但我似乎把我的故事说得没完没了——你看出一切是怎样的安排。不久后，我从同样的简单关系链，愉快地听说桑迪顿**已经被**推荐给达林太太，西印度一家人很乐意去那儿——这是我给你写信时的情况。但两天前——是的，就在前天——我又收到了范尼·诺伊斯的信，说**她**已经收到卡珀小姐的信，卡珀小姐从达林太太的一封信中得知格里菲斯太太在写给达林太太的信中，说她本人对桑迪顿的事情感到更不确定——我说清楚了吗？我绝对不希望没说清楚。"

"哦，非常清楚，非常清楚。那么？"

"这番犹豫的原因，是她在这儿没有亲友，无法明确能在到达那儿后得到好的住所；她对所有那些事情特别小心谨慎，更是为了受她关照的某位年轻的拉姆小姐（也许是个侄女），而不是为她自己的女儿们着想——拉姆小姐财产丰厚，比其他所有人更有钱，身体特别脆弱。通过所有这些我们能清晰地看出格里菲斯太太一定是**何**种女人：正如财富和炎热天气容易把我们变成的无助懒惰的样子。但我们并非生来都有同样的精力——该做什么呢？——我犹豫了一会儿，究竟主动给**你**写信，还是让惠特比太太为他们订好一座房子呢？——但两者都不能让我满意。当我能够亲力亲为时，我讨厌麻烦别人；我的良心告诉我这是需要我的一个情形。这儿有一家我也许从根本上帮到的无助病人。我听起来像苏珊——她也有同样的想法。亚瑟完全没添麻烦——我们几乎马上进行安排，昨天早晨六点我们就出发了，今天在同一时刻离开了奇切斯特，此时我们来到了这里。"

"太棒了！太棒了！"帕克先生叫道，"戴安娜，你在帮助朋友，造福全世界方面无与伦比。我不认识像你这样的人。玛丽，我亲爱的，她难道不是个了不起的人吗？好了，现在，你打算为他们订下哪座房子？他们家有多少人？"

"我完全不知道，"他妹妹答道，"一无所知，从未听说任何细节；但我非常确信桑迪顿最大的房子不会**太**大。他们更有可能再要一座。不过我只要一座，只能订下一个星期——海伍德小姐，我让你吃惊了——你不知道该怎么看待我。我从你的样子看出你不喜欢这样迅速行事。"

"不可理喻的多管闲事！——疯狂的行动力！"这些想法刚掠过夏洛特的头脑，但礼貌的回答并非难事。

"我敢说我的确看上去很惊讶，"她说，"因为这些非常劳神费力，我知道你和你姐姐都是怎样的病弱之人。"

"的确是病弱之人——我相信全英格兰没有第三个人能如此悲哀地得到那个称号！但我亲爱的海伍德小姐，我们被送到这个世界上，就是为了尽可能有用，只要思想有几分力量，虚弱的身体不能成为我们的借口——或让我们原谅自己。世界总的来说以虚弱的头脑和强壮的头脑作为区分——有能够行动和不能行动的人，不让任何有助于人的机会溜走是能够行动的人不可推卸的责任——我和我姐姐的病痛幸好并非会**立即**威胁生命的那种性质——只要我们**能够**竭尽全力帮助别人，我相信因为头脑在尽其责任时提升的精神，会把身体变得更好——当我在旅途中，心里想着这件事时，我非常健康。"

孩子们的进入结束了对她本人性情的这番小小赞美；在关注和爱抚了他们所有人后，她打算走了。

"你不能留下来和我们吃饭吗？难道不可能劝说你和我们一起吃饭吗？"是当时的叫喊；在**那**得到坚决否定后，是"我们何时能再见到你？我们能怎样帮助你呢？"

帕克先生激动地提出帮她订下给格里菲斯一行人住的房子。"我吃过饭就来找你，"他说，"我们可以一起走走。"但这立刻遭到拒绝。

"不，我亲爱的汤姆，无论如何也不能让你为我的任何事情挪动半步——你的脚踝需要休息。我从你脚的姿势看出，你已经走得太多。不，我会马上安排我租房子的事情。我们的晚餐订在六点后；到那时我希望已经结束此事。现在才四点半——至于今天再次见到**我**，我不能保证；其他人一整个晚上都会待在旅店，很高兴在任何时候见到你，但我一会儿就要去听亚瑟说他对我们自己的住所做了什么安排，也许晚餐刚结束，会再去办和他们相关的事情，因为我们希望能住进某个地方，在明天早餐后安顿下来——我对可怜的亚瑟商谈住所的技巧不抱太大希望，但他似乎喜欢这个任务。"

"我想你们做得太多了，"帕克先生说，"你们会把自己累坏的。晚餐后你们不该再走了。"

"不，你当然不能，"他妻子叫道，"因为晚餐对你们来说只是**名义**而已，不会给你们带来任何好处——我知道你们有怎样的胃口。"

"我向你们保证我的胃口近来大有提升。我一直吃我自己煎的苦药，效果很神奇。苏珊从来不吃，我同意你的话——此时**我**什么也不想吃；旅行后的一个星期我从不吃东西。但至于亚瑟，他只是太想吃东西了。我们常常不得不控制他。"

"但你还没有告诉我要来桑迪顿的**另一个**家庭的任何情况，"

帕克先生送她走到大门时说道，"那个坎伯威尔学院。得到**她们**的可能性大吗?"

"哦！当然。很有可能。我一时忘了她们。但我三天前从我的朋友查尔斯·迪普伊太太那儿收到一封信，让我放心坎伯威尔。坎伯威尔一定会来，很快就到——**那个**好心的女人（我不知道她的名字）不如格里菲斯太太那么有钱又独立——能够自己驾车并自行选择。我要告诉你我是怎么得到**她**的。查尔斯·迪普伊太太几乎住在那位女士隔壁，她有个亲戚最近定居在克拉彭，他实际上加入了这所学院，教一些女孩修辞学和文学——我从西德尼的一个朋友那儿给那个人弄了只野兔；然后他推荐了桑迪顿。但**我**没有露面，查尔斯·迪普伊太太安排了一切。"

第十章

戴安娜·帕克小姐曾凭她的感觉得知，以她目前的状况，海风可能会要了她的命，然而还不到一个星期，她现在已经来到桑迪顿，打算住一阵子，似乎完全记不起她曾在信中写过或是有过这个感受。夏洛特不可能不怀疑这种异乎寻常的健康状态有很大的想象成分。身体的不适和恢复都太不平常，似乎更像热切的头脑找些事情来自娱自乐，而非真正的病痛或缓解。帕克一家毫无疑问酷爱幻想，感觉敏锐——当长兄以成为投机商发泄他多余的感情时，他的妹妹们也许以想象出老毛病来消磨她们的感情。

显然他们活跃的大脑并非**全部**用于此处，还有一部分用来渴望能够起到作用。似乎他们一定不是忙着对别人有用，就是自己病得不轻。事实上，某些天生的敏感体质，加上他们不幸喜爱寻医问药，尤其爱找江湖郎中，让他们很早的时候，就在不同时期有了各种不适；他们别的痛苦都源于想象，因为爱出风头，想引人注意。他们有善良的心灵和许多令人愉悦的感情——但他们的内心从不安分，总想比别的任何人更有成就，这体现在他们的每一次善举上——他们做到的一切，以及他们忍受的一切，无不显得自负空虚。

帕克夫妇晚上的大部分时间都待在旅店；但夏洛特只看到戴安娜小姐两三眼，见她在草坪上，为她从未谋面，也从未雇佣她的这位女士张贴广告寻找房子。直到第二天夏洛特才结识了其他人，在他们全都搬进寓所，身体依然不错时，他们的哥嫂和她本人被请求和他们一起喝茶——他们住在一间排屋里——她发现他们准备在小巧整洁的客厅度过晚上，如果他们愿意，可以好好观赏大海——但尽管这是个非常明朗的英国夏日，却不仅没有一扇打开的窗户，而且沙发、餐桌和几乎所有家具都在屋子另一头的熊熊火炉旁。

因为想起帕克小姐一天之内拔掉了三颗牙齿，夏洛特怀着特别恭敬同情的感觉走近她。她的相貌举止和她妹妹并非很不相像——尽管因为生病和吃药而更加瘦弱憔悴，却神情更轻松，声音更柔和。然而一整个晚上，她都和戴安娜一样说个不停——除了她坐着时手里拿着嗅盐，从已经放在壁炉上的几个小玻璃瓶中的一个里面喝了两三滴药剂，做了许多鬼脸苦相之外，夏洛特看不出任何以她本人的健康身体，她不会试着治愈的症状，只需灭掉炉火，打开窗户，以各种方式丢掉药剂和嗅盐。

她对亚瑟·帕克先生特别好奇，很想见到他；因为已经把他想象成非常羸弱、身材单薄的年轻人，是个实实在在并非强壮的家庭中最瘦小的一个，所以见他和他哥哥一样高，而且结实得多——体型健壮，精力充沛——除面无表情外全无病人的模样，不禁吃了一惊。

戴安娜显然是一家之主，主要的行动者和表演者。她一整个上午都不停奔忙，为格里菲斯太太的事情和他们自己的事，还依然是三个人中最机敏的一位——苏珊只监督他们最后从旅店搬出，自己又拿了两只笨重的箱子；亚瑟发现空气太冷，只是尽量敏捷地从一座房子走到另一座，不断吹嘘自己坐在了火炉旁，直到烤得满脸通红——戴安娜做的都是家庭琐事，无法计算，但据她本人所说，她在整整七个小时里一次都没坐下，并承认自己有点累。然而她太过成功，不可能非常疲倦；因为她不仅四处奔波，并费尽口舌地解决了一千个问题，最终以每个星期八畿尼的价格为格里菲斯太太一家得到一座合适的房子，她还和厨师、女仆、洗衣工、浴场女工定下许多条约，格里菲斯太太到来后除了挥挥手，把他们召集起来进行挑选外，没有别的事可做——她为这件事情做出的最后努力，是给格里菲斯太太本人写一封礼貌的短信——时间不允许她以保持至今的方式，迂回曲折地传递消息——她此时正为打通了相识的第一条渠道，有效地完成了出乎意料的任务而喜不自胜。

帕克夫妇和夏洛特出发时见到两辆出租马车①穿过草坪驶向旅店，这是令人喜悦并充满期待的景象。帕克小姐们和亚瑟也见到些什么；他们能从他们的窗户辨认出有人到达旅店，但看不出人数。他们的客人肯定需要两辆出租马车——会是坎伯威尔学院吗？——不，不——要是有第三辆马车，也许有可能；但众人一致认为两辆出租马车绝不可能装下一座学院的人。帕克先生确信有另一个新家庭。

他们走动一会儿看看大海和旅馆，最终全都坐下后，夏洛特坐在了亚瑟身边。他舒舒服服地坐在火炉旁，因而他礼貌地想让她坐在他椅子上的表现，很值得夸赞——她拒绝得毫不含糊，他

---

① 原文为"Hack-Chaise"。

心满意足地再次坐下。她把椅子拉到后面，以便用他的身体作为屏障，对他的后背和肩膀超出她预想的每一英寸面积心怀感激。

亚瑟的眼皮和他的体型一样沉重，但绝非不愿交谈；当其他四人主要在一起说话时，他显然觉得在他身边有位漂亮的年轻女人并非苦差，根据常规礼仪需要献些殷勤——正如他的哥哥需要明确的动机来采取行动，某个强大的目标来得到活力，他非常高兴地说起话来。

青春与活力产生的影响，让他甚至开始为生火而表达了某种歉意。"我们不该在家中生火，"他说，"但海边的空气总是很潮湿。我最怕潮湿。"

"我非常幸运，"夏洛特说，"从不知道空气是湿是干。空气总会给我带来健康，让我精力充沛。"

"**我**也像任何人一样，喜欢这种空气，"亚瑟答道，"我很喜欢在没风的时候站在敞开的窗户前——但，不幸的是潮湿的空气不喜欢**我**——它让我们得了风湿。我想你没有风湿病吧？"

"完全没有。"

"那真幸福。不过也许你神经紧张。"

"不，我相信没有。我肯定没有。"

"**我**神经非常紧张。说实话，在**我**看来神经紧张是我的最大病痛。我的姐姐们认为我胆汁过剩，但我怀疑这一点。"

"你很正确，我相信你可以尽你所能怀疑这一点。"

"如果我胆汁过剩，"他继续说道，"你知道我就不能喝酒，但酒总能带给我好处——我喝得越多（在适度的情况下）就越觉得健康——我总是在晚上感觉最好——要是你今天在吃饭前见到我，你会觉得我样子很可怜。"

夏洛特能够相信这一点，但她不动声色地说道："以我对神经紧张的理解，我认为空气和运动对它很有效力——有规律的每日运动——我更愿意推荐**你**多多运动，我怀疑你的运动通常很少。"

"哦，我本人非常喜欢运动，"他答道，"我打算在这儿多多散步，如果天气温和。我会在每天早餐前出门——在排屋转上好几个弯，你会经常在特拉法尔加大宅见到我。"

"但你不会把走到特拉法尔加大宅称作许多运动吧？"

"不，仅就距离而言，但山坡那么陡峭！——在中午的时候走上那座小山，会让我汗流浃背！我到那儿时你会看到我满身是汗！我很容易出汗，再没有比这更明确的神经紧张的症状了。"

他们此时已对物理学探讨得太过深入，因而夏洛特看到仆人端着茶具进来时，感到这个打断非常幸运——这立即带来了巨大的变化。年轻人随即不再献殷勤。他从托盘上拿起自己的可可，放入的可可粉几乎够所有人一起喝。帕克小姐喝一种草药，戴安娜小姐喝另一种。他完全转向火炉，惬意地坐在那儿，心满意足地煮着可可，烤几片吐司，那是面包架上的成品——一切准备好之前，她除了听见他咕哝了几句自我赞许、心满意足的不成句的话语外，别的什么也没听见。

不过，在他结束辛劳后，他退回椅子上，恢复了刚才的殷勤模样，并以热切邀请她喝可可吃吐司，证明他并非只为自己忙碌——她已经喝了茶——这令他惊讶，他刚才忙得太过专心。

"我原以为能来得及，"他说，"但煮可可花了很长时间。"

"我非常感谢你，"夏洛特答道，"但我**宁愿**喝茶。"

"那我就自己享用了，"他说，"每天晚上喝一大壶淡可可，比什么都适合我。"

然而，当他倒出这很淡的可可时，却涌出一股颜色很深的液体，令她吃了一惊——与此同时，他的两个姐姐都大叫起来："哦，亚瑟，你每晚弄的可可越来越浓了。"亚瑟有点羞涩地答道："今晚**是**太浓了些。"——让她相信亚瑟绝不喜欢如她们所想，或如他所愿地饿着自己。

他当然很高兴把话题转向干吐司，不再听他的姐姐们说话。"我希望你能吃一些吐司，"他说，"我自认为很擅长烤吐司；我从不会烤焦——我开始绝不把它们放得离火太近。可是，你看，每个角落都烤得焦黄。我希望你喜欢干吐司。"

"涂上适量的黄油，我很喜欢，"夏洛特说，"但别的不行。"

"我也是，"他极其愉快地说道，"我们在那一点上想法一致。干吐司一点都不健康，**我**认为它对胃很不好。少了一点黄油的柔化，它会伤害胃膜。我相信如此——我很乐意马上帮你抹点，随后为自己抹一些。的确对胃膜非常不好——但**有些**人绝不肯相信。它像肉豆蔻粉碎机一样让胃不适。"

然而他费了些力气才得到了黄油；他的姐姐们说他吃得太多，宣称他不可相信，而他坚持认为他只吃了足够保护他胃膜的分量；而且，他现在是为海伍德小姐要的。这样的请求必然成功。他得到了黄油，凭着精准的判断为她涂抹，至少令他本人感到高兴。但在她的吐司抹好后，他把自己的拿在手中，夏洛特见他望着他的姐姐们，小心翼翼地几乎把他放上去的黄油全都刮下，随后在放进嘴里的那一刻之前，抓住有利时机加了一大勺，差点笑出声来。

当然，亚瑟·帕克先生对病痛的喜爱和他的姐姐们大不相同——绝非那么精神化。他一副粗俗邋遢的样子。夏洛特忍不住怀疑他选择那种生活方式，主要是为放纵一个懒惰的脾性——决意只拥有需要温暖房间和美味食物的那些不适。

不过，在某件特别的事情上，她很快发现他为**她们**找到了问题。"什么！"他说，"你们一个晚上竟然要喝两杯浓茶？你们该有怎样的神经啊！我真羡慕你们。现在，**我**要是只喝一杯那样的茶——你们认为会对我产生什么影响？"

"也许让你整夜醒着。"夏洛特说。她有意通过自己夸张的想法，打消他试图表现的惊讶。

"哦！如果那就是全部！"他叫道，"不——它对我的作用像是毒药，会让我的右侧彻底瘫痪，在我喝下不到五分钟的时间——这听起来几乎难以置信——但这经常发生在我身上，让我无法怀疑。我的整个右侧身体有好几个小时都无法动弹！"

"这听上去当然很奇怪，"夏洛特冷冷地说道，"但我敢说对身体右侧和绿茶进行过科学研究，完全了解它们之间所有可能的相互作用的那些人，会认为那是世界上再简单不过的事情。"

喝完茶不久，旅店给戴安娜·帕克小姐送来一封信。"来自查尔斯·迪普伊太太，"她说，"一封私人信件。"读了几行后，她大声叫道："好了，这非常异乎寻常！真的特别异乎寻常！——两人竟然有同样的名字——两位格里菲斯太太！——这是一封写给我的推荐信和介绍信，关于坎伯威尔的那位女士——**她**的名字碰巧也是格里菲斯。"不过又读了几行后，她脸涨得通红，很忧虑不安地说道："从未有过这么奇怪的事情！——还有一位拉姆小姐！——一位财产丰厚的西印度年轻小姐——但这**不会**是同一个人——绝不可能是同一个人。"

她大声读信寻求安慰。这只是把来自坎伯威尔的格里菲斯太太，以及由她照顾的三位年轻小姐介绍给戴安娜·帕克小姐认识——格里菲斯太太在桑迪顿人地生疏，急于得到体面的引荐——因此查尔斯·迪普伊太太作为双方的朋友，给了她这封信，知道能让她亲爱的戴安娜发挥作用，是对她最大的善意——"格里菲斯太太主要想让她照料的一位年轻小姐住得舒适，一位拉姆小姐，是身体虚弱、财产丰厚的西印度年轻小姐。"

"这很奇怪！很不可思议！很异乎寻常！"但他们全都一致同意**不可能**没有两个家庭；传闻中提到的截然不同的两组人，让那件事变得十分明确。**一定**有两个家庭——不可能是别的情况。"不可能"，"不可能"这个词被热切不已地一再重复。名字和境遇的偶然相似，无论起初多么令人惊讶，但绝非真正令人难以置信；因此事情就这样解决了。

戴安娜小姐本人为消除她的困惑得到了眼前的好处。她必须披上披肩，再次奔忙起来。尽管她很累，她必须立即回到旅店，查明事实并提供帮助。

第十一章

这可不行。整个帕克家族私下能够说的一切，都无法造成比来自萨里和来自坎伯威尔的家庭是同一个家庭这件事更愉快的灾难。富有的西印度家庭，以及年轻的学院小姐全都乘坐那两辆出租马车进入了桑迪顿。来自她朋友达林太太那方的格里菲斯太太曾对是否过来以及无法承受旅途感到犹豫，也正是那个在同一段时间（通过另一番讲述）明确无疑、毫不担忧、不怕困难的格里菲斯太太。报道中所有看似大相径庭的内容，也许能合理归结于戴安娜·帕克小姐小心谨慎地安排的这件事情里，许多牵涉其中的讲述者的虚荣、无知或错误。

她的密友一定和她本人一样爱管闲事，这个话题带来的信件、片段和消息足以让一切变得似是而非。戴安娜小姐开始被迫承认她的错误时也会感到有些尴尬。从汉普郡过来的长途旅行一无所获——一个哥哥满心失望——手中有一座租了一个星期的昂贵住所，一定是她即刻想到的一些问题——比别的一切更糟糕的，一定是感到自己不如自认为的那样头脑清晰，从不犯错——然而似乎哪一点都没能长久地困扰她。这件令人羞愧应受责备的事情有太多人的参与，因此也许当她把属于达林太太、卡珀太太、范尼·诺伊斯、查尔斯·迪普伊太太和查尔斯·迪普伊太太邻居的合理份额划分出去后，留给她本人自责的部分已经少得可怜。

无论如何，第二天的整个上午都能看到她像往常一样四处奔波，机敏地为格里菲斯太太寻找住所。格里菲斯太太是举止非常得体，很优雅的那种女人，以接收了不起的女孩和年轻小姐为生，她们不是需要一个老师来完成她们的教育，就是需要一个家庭来展露她们的才华——除现在来到桑迪顿的三个女孩之外还有几个受她照料，但其他人全都碰巧不在。

在这三个人中，实际上在所有人当中，拉姆小姐无与伦比，是最重要最宝贵的一位，因为她按照财产来支付学费——她大约十七岁，是半个黑白混血儿、冷若冰霜、身材纤弱，有自己的女仆，会住进屋里最好的一个房间，在格里菲斯太太的每一个计划中总是最为重要——其他的女孩，两位博福特小姐，就是整个王国中，每三个家庭里就能遇见一位的那种年轻小姐；她们模样尚可，身材惹眼，体态端庄，神情自信——她们很有才华又非常无知，她们的时间都用于追逐各种可能带来仰慕的爱好上，那些手工活计和娴熟新颖的改进，能让她们的穿着风格远超她们**应该**能够负担的状态；她们是每一种时尚变化的领先者——这一切的目标，是迷住某个远比她们本人有钱的男人。

格里菲斯太太为了拉姆小姐，选择了像桑迪顿这样小而幽静的地方——博福特小姐们尽管自然更喜欢既不小又不幽静的地方，然而因为在春天的三日旅行中每人不可避免地购买了六件新衣服的花费，只好也对桑迪顿感到满意，直到她们的情况得到恢复。在那儿，她们一位租了竖琴，另一位购买了画纸，带上了她们已经拥有的全部服饰，打算过得非常节俭、非常优雅、非常与世隔绝。对于博福特小姐，她希望能获得路过听见她琴声的所有人的夸赞与赏识；而利蒂希娅小姐对她绘画时走近她的所有人都满心好奇、欣喜若狂——对两人的慰藉，是她们打算成为当地最时髦的女孩。

格里菲斯太太特别把她们介绍给戴安娜·帕克小姐，立即确保了她们和特拉法尔加大宅一家，以及和德纳姆一家的结识——以一个恰当的说法，博福特小姐们很快对"她们在桑迪顿的圈子"感到满意，因为如今每个人都必须"进入圈子"，这样的交替旋转之所以盛行，也许要归结于许多人的眩晕和错误步伐①。

德纳姆夫人对格里菲斯太太的拜访，除了对帕克一家表示敬意，还有别的动机——对拉姆小姐的兴趣。这儿有一位非常年轻的小姐，体弱多病又有钱，正是她一直寻找的人选；她结识她是为爱德华爵士考虑，也为了她的奶驴。这对男爵可能产生怎样的影响，尚待确认；但对于这些动物，她很快就发现她所有的赚钱打算都是白费心机。格里菲斯太太绝不允许拉姆小姐的身体出现丝毫变差的迹象，或是驴奶可能缓解的任何病痛。

"拉姆小姐始终由一位经验丰富的内科医生照料——他的处方必须是她们的准则。"——除了她本人的一个亲戚发明的某种补药，格里菲斯太太从不偏离严格的医嘱。

排屋边缘的那座房子是戴安娜·帕克小姐有幸帮她的新朋友安排的住所，考虑到屋前是桑迪顿所有游客最喜欢的休息厅，在另一面，无论旅店里发生什么，都找不到能让博福特小姐们与世

---

① 此处是把社交和跳舞相对比。

隔绝的更好去处。因此，远在她们能好好弹琴或认真作画之前，她们就因为经常出现在楼上低矮的窗户前，为拉下百叶窗，或是打开百叶窗，在阳台上放个花瓶，或从望远镜看向虚无，吸引了许多双眼睛瞧向上面，让许多凝视者再三凝视。

一点点新鲜事给这样的小地方带来了很大影响。博福特小姐们也许在布赖顿微不足道，在这儿却处处被人关注。即使亚瑟·帕克先生，尽管不愿大费周折，但他去哥哥家时会经过排屋边缘的这座房子，只为看一眼博福特小姐们，虽然得绕八分之一英里路，另加登山的两步台阶。

第十二章

　　夏洛特已经来到桑迪顿十天，却没见过桑迪顿大宅，每一次拜访德纳姆夫人的尝试都因为提前遇见她而受挫。但现在他们要更坚定地做到此事，更早出发，为了绝不忽略对德纳姆夫人的敬意，也不无视给夏洛特带来的乐趣。

　　"如果你想有个更好的开场白，我亲爱的，"帕克先生说（他不想和她们一起去）——"我认为你们最好提起可怜的马林一家的境遇，能打动夫人为他们捐款。我不喜欢在这种地方做慈善募捐——这是给所有过来的人增加负担——但因为他们的境遇实在糟糕，我昨天几乎答应那个可怜的女人为她做些什么，我相信我们必须筹备一次募捐——所以越早越好——将德纳姆夫人的名字写在名单的最上方是必要的开始。你不会不喜欢对她说起此事吧，玛丽？"

　　"我会做你想让我做的任何事，"他妻子答道，"但你本人会做得好得多。我不知道该说什么。"

　　"我亲爱的玛丽，"他叫道，"你不可能真的不知道。这再简单不过。你只需说明这个家庭如今的痛苦境遇，他们对我的热切请求，以及我愿意为了帮助他们做一次小小的募捐，只要能得到她的许可。"

　　"这是世界上最简单的事情，"碰巧此时过来拜访他们的戴安娜·帕克小姐叫道，"说完所有的话并做到一切，花的时间会比你现在说起的时间还要少。当你谈到募捐的话题时，玛丽，我会感谢你向德纳姆夫人提到别人以最动情的语言对我说起的一件非常悲伤的事情。在伍斯特郡有个可怜的女人，我的一些朋友对她极有兴趣，我已经答应尽量为她募集一些钱。如果你能对德纳姆夫人提到这个情况就好了！——德纳姆夫人**能够**给钱，如果她被适当打动——我认为她是那种女人，一旦被劝说着打开钱包，会很乐意把十畿尼当成五畿尼给出——因此，如果你发现她有意给钱，你也许能再说起另一件慈善事情，我和几个朋友对此非常牵挂——在特伦特河畔的伯顿成立一个慈善机构。此外还有上次被约克镇巡回法庭绞死的那个可怜人一家，虽然我们的确**已经**筹集了我们想要的数额来安顿一切，但你要是**能**为她得到一个畿尼，那也是件好事。"

"我亲爱的戴安娜！"帕克太太惊叫道，"我无论如何也不能向德纳姆夫人提起这些事。"

"难在哪儿？我希望我本人能和你们一起去。但我五分钟内必须赶到格里菲斯太太那儿，鼓励拉姆小姐做第一次海水浴。她惊恐万分，可怜的人儿，所以我答应去帮她加油鼓劲，如果她愿意就陪她进入沐浴机——那刚结束后，我必须赶回家，因为苏珊一点要用水蛭——那会是三个小时的活计。因此我真的没有一刻空闲——除了那些（我们私下说说）我本人此时应该躺在床上，因为我几乎没力气站着——弄完水蛭后，我敢说我们两人一天中剩下的时候都会待在自己的房间里。"

"我很遗憾听到这些，真的。但如果是这样，我希望亚瑟能和我们一起去。"

"如果亚瑟听我的意见，他也会上床休息，因为他要是独自坐着，一定会吃喝过量；不过你看，玛丽，我有多么不可能和你一起去德纳姆夫人那儿。"

"转念一想，玛丽，"她丈夫说，"我不想麻烦你说起马林一家的事了。我自己找机会去看望德纳姆夫人。**我**知道你多不喜欢劝说一个很不情愿的人做事情。"

他的请求就这样撤回了，他妹妹也无法为她的请求多说什么，这是他的目的——因为他感觉到那所有的不得体之处，以及一定会对他本人更有益的请求带来的负面影响。帕克太太为这番解脱感到高兴，便十分愉快地同她的朋友和她的小女孩，一起走到桑迪顿大宅。

这是个闷热多雾的上午，她们到达山顶时，一时无法辨认她们看着朝她们走来的是哪一种马车。在不同的时候会呈现出各种不同的样子，从轻便双轮马车到轻型四轮马车①，从一匹马到四匹马；正当她们想认定是辆双马串联马车②时，小玛丽年轻的眼睛认出了车夫，她急切地叫道："是西德尼叔叔，妈妈，真的。"

果然如此。西德尼·帕克先生驾着一辆非常整洁的马车③，里面坐着他的仆人，很快来到她们面前，他们全都停了几分钟。帕克一家人彼此间的举止总是令人愉悦——西德尼和他嫂嫂的见面非常友好，嫂嫂好意认定他要去特拉法尔加大宅。不过这一点

_____

① 原文为"from Gig to the Pheaton"，通常应该很好辨认。
② 原文为"tandem"。
③ 原文为"carriage"，和帕克先生最初乘坐的马车相同。

他否认了。

"他只是刚从伊斯特本过来，打算住一两天，可能在桑迪顿——但他一定会住在旅店——他期待有一两个朋友在那儿和他会面。"

剩下的都是寻常问候和寒暄，以及对小玛丽的善意关注，在向他提到海伍德小姐的名字时很有教养地鞠躬致意——他们分开了，几个小时后再相见。

西德尼·帕克大约二十七八岁，非常英俊，样子轻松又时尚，神情活泼。这次奇遇让她们愉快地讨论了一段时间。帕克太太为此事感受到她丈夫所有的喜悦之情，为西德尼的到来会给这儿带来的荣耀感到欢欣鼓舞。

通往桑迪顿大宅的道路是在田地间宽阔、美观、树荫夹道的大路，在四分之一英里后穿过第二道门进入庭院，虽不广阔，却因为满是葱郁的上等林木而十分漂亮体面。这些入口的大门都在庭院或围场的角落里，极其靠近一处边界，所以外围的篱笆一开始几乎靠在路旁——直到**这儿**一个转角**那儿**一道弧线让它们离得更远。篱笆是状态极好的得体庄园围栏；边上几乎到处是一簇簇上好的榆木，或一排排古老的荆棘。

必须加上**几乎**这个词——因为有些空地——从一处空地，夏洛特在她们刚进入围场时，透过围栏瞥见田地另一边某个白色形体，像是个女人——这立即让她想起了布里尔顿小姐——走向围栏时，她看见果然如此——尽管有雾但明确无疑；布里尔顿小姐坐在离她不远处，在从围栏倾斜而下，似乎沿着边缘的窄窄小路通向的堤岸旁——布里尔顿小姐显然非常镇定地坐着——爱德华·德纳姆爵士在她身旁。他们彼此靠得特别近，似乎很亲密地进行着一场温柔的交谈，让夏洛特立即觉得她与此事无关，只能退后并不置一词。

隐蔽当然是他们的目标。这只能让她对克拉拉产生不好的印象——但她的境遇让人绝不能对她苛刻评判——她很高兴地发现帕克太太毫无察觉。如果夏洛特并非两人中高出很多的那一个，布里尔顿小姐的白色丝带也许不会落入**她**更善观察的眼帘之中。

在看到这次面对面交流引起的其他道德思索中，夏洛特忍不住想到秘密情人要为他们的私下约会找个合适的地点真是极其困难。在这儿他们也许自以为能非常安全地避人耳目——面前是整片开阔地——他们身后的陡峭堤岸和围栏从未有人涉足——还有浓雾的帮助。然而在这里，她看见了他们。他们真是非常不幸。

房子又大又漂亮。两位仆人出来迎接她们，一切都让人感到得体有序。德纳姆夫人为她丰厚的产业得意洋洋，很喜爱她有条不紊、精致讲究的生活方式。她们被领进平常使用的客厅，布局匀称、家具贵重——虽然这些家具更是原先很好并保养不错，而非华丽的新家具——因为德纳姆夫人不在那儿，夏洛特有了闲暇四处打量，并听帕克太太说挂在壁炉上方、非常显眼的那位庄严高贵的先生的全身像，是哈里·德纳姆爵士的画像——在屋子另一处的许多小型画像中，一幅毫不起眼的画像是霍利斯先生——可怜的霍利斯先生！——不可能不感到他受了虐待；让他只得在自己的房子里退在后面，看着火炉旁最好的位置始终被哈里·德纳姆爵士占据。